Table des matières

LE RENARD DE VENISE - 1

UN HIVER À CHYPRE

de

Pierre LEGRAND

et

Claudine CAMBIER

Roman

ISBN : 978-2-9600804-3-8

Illustrations : Composition originale et sculpture (Pietro Aurelio, d'après un portrait de Titien) : Claudine CAMBIER.
Photo : Claudine CAMBIER

Courriel: contact@cinquecento.be

AVERTISSEMENT

La plupart des situations et des personnages évoqués dans cet ouvrage sont historiques.

Un certain regard sur la vérité historique fait apparaître une vérité romanesque, généralement considérée comme une fiction, mais qui n'est qu'une sublimation du possible.

1 : L'HEURE JAUNE

Pietro Aurelio se promenait comme une ombre le long du bassin de San Marco. A cette heure ultime de la journée, le port s'était préparé pour la nuit. Les galéasses avaient remonté leur tente, cachant leurs entrailles au regard des passants comme aux caprices du ciel. Leurs antennes avaient abandonné les pontons. En cette saison, dès que la cloche du campanile avait sonné le jour nouveau, soit une demi-heure après le coucher du soleil, le ciel déjà obscurci rendait le pied moins sûr, les masses plus confuses. Les lourds bâtiments se profilaient encore, ombres géantes, légèrement mouvantes sur un fond de nuages aux couleurs indécises. Dans un instant, on viendrait allumer les fanaux de la piazzetta aux angles du palais des Doges. Pietro Aurelio appelait ce moment de la journée l'heure jaune. Jaune comme la corruption de la lumière du jour, comme la mauvaise imitation, dans les peintures, de la brillance de l'or. La prostituée vénitienne s'habille de jaune. Jaunâtre, la lueur mourante qui traînait encore en écharpes à l'horizon ; jaune brunâtre, les vitres quadrillées des tavernes, autour desquelles la lumière dansante des chandelles rebondissait en halos sur le pavé humide ; jaune orangée, la clarté des cierges qui s'échappait sous les porches des églises en compagnie de cantiques et de litanies psalmodiées sur un rythme sommeilleux ; jaunes, les mille reflets des fanaux sur la surface ridée des canaux et jaunes, les fichus des jeunes putains qui abordaient d'une voix lascive et insistante les promeneurs attardés. Sous la lueur des torchères, elles avaient la peau jaune, cire luisante et morte, avec les trous noirs des orbites, comme le mort qu'il est allé déposer deux jours plus tôt dans la crypte de San Giorgio, à la lumière des cierges. Psalmodies, modulations des prières, murmure du vent.

Était-ce parce que Pietro venait d'enterrer son père que le reste de sa vie prenait soudain cette teinte de boue jaune ? Il s'était bien promis que, expédiées les séances de condoléances et les formalités notariales, il s'en retournerait à l'université de Padoue où, assis en habit de velours sur les rudes bancs du savoir, il reviendrait aux lectures et commentaires d'Aristote. Mais au lieu de cela, il avait traîné dans Venise sa mélancolie, son absence d'énergie, son vide intérieur. C'est que, en l'absence de père, c'est lui, désormais, qui occupe le siège du chef de famille. Or il était loin de soupçonner ce qu'impliquaient un tel trône et une telle couronne, celle de la famille Aurelio, celle de fils de Grand

Chancelier déchu pour un faux qu'il n'avait pas commis, et d'une noble dame de Padoue dont le père avait été pendu pour trahison envers l'État et dont la beauté avait ensorcelé Venise. Il est des révélations qui ébranlent son homme, même s'il n'a que vingt ans.

La stella d'oro : à cette heure déjà nocturne, même l'étoile d'or de cette enseigne avait pris la teinte jaune. Dans son désœuvrement et son absence de désir, Pietro aurait pu tout aussi bien entrer dans une église ou dans un bordel. Or, la porte qu'il venait de pousser était celle de la taverne du port.

2 : LA RENCONTRE

La salle de l'auberge était remplie à cette heure de tous ceux qui avaient reflué depuis les bâtiments à l'ancre ou à quai, depuis les entrepôts, les arsenaux. Murmures des commis du commerce, voix fortes des capitaines, rires des marins, des contremaîtres aux arsenaux, aboiements de gosiers étrangers, tous les accents du port s'y mêlaient dans un joyeux brouhaha. Pietro, encore tout engourdi de son silence intérieur, s'avançait dans la touffeur épaisse et les vapeurs de corps chauds et de vin. Une main pesant sur son épaule dévia sa trajectoire.

– Pietro, quelle surprise !

Malgré son absence mentale, le jeune Pietro retrouva ses réflexes. Il ne pouvait apercevoir le visage dédaigneux de Vincenzo Foscarini planté au sommet d'un corps maigre, ses bons yeux de dogue endormi et son sourcil haut perché, ses grandes mains qu'il avançait, ouvertes comme à l'offertoire, sans émettre un sourire et ce mot familier qu'en principe rien ne justifiait :

– Mon oncle !

Car aucun lien de parenté ne le liait à Vincenzo Foscarini. Cet admirateur de sa mère, probablement un ancien amant, avait sublimé son désir pour ne rester auprès d'elle qu'un honnête homme qui ne renie pas ses attachements, même après le mariage de son idole. Au point que, quand le Grand Chancelier Aurelio dut partir en exil à Trévise, Vincenzo, qui voyait en Pietro le fils qu'il n'avait pas eu, s'était attaché à lui, remplissant son rôle de parrain, lui servant de père, l'intéressant au métier des armes et à la marine militaire. Le Sopracomito – ainsi appelait-on à Venise les commandants de galères militaires– avait fait rêver l'adolescent et, sans même parler d'Antonina, sa fille, c'était suffisant pour lui attribuer un titre qui le faisait en quelque sorte entrer dans la famille.

Le bon Vincenzo entraîna son filleul à la table qu'il partageait avec Girolamo Marcello –encore un ami de la famille– et un homme au nez en bec d'oiseau qui regardait d'un air méfiant le nouveau venu.

– Je te croyais à Padoue, figlioccio.

– J'y vais, mon oncle, j'y vais. Je ne suis pas pressé.

En effet, il n'avait pas l'air pressé et il était prêt à se laisser conduire dans n'importe quelle direction que lui indiquerait une main amicale ou douée de quelque volonté plus ferme que la sienne en ce moment. Aussi échangea-t-il les politesses d'usage, prit-il la place qu'on lui offrait, le verre qu'on lui tendait. En un rien de temps, sa solitude se trouva assiégée par des égards presque importuns qui ne parvenaient pas à secouer son apathie. Enfin, les trois hommes, ayant consacré un temps suffisant à l'intrus, reprirent-ils bientôt le fil interrompu de leur conversation. Pietro n'écoutait pas, se repliait dans son vide. Le ronron des voix se déployait pour d'autres que pour lui. En attendant le moment convenable de prendre congé, il regardait parler son oncle et pensait à Antonina.

3 : LES FOSCARINI

Si Vincenzo Foscarini n'avait pas usurpé son titre d'oncle, sa fille Antonina s'était résolument emparée de Pietro. Leurs parents étant amis, les enfants avaient partagé des jeux d'enfance, et, si l'adolescence les avait momentanément séparés, leurs retrouvailles au premier bal avait été pour Antonina l'occasion de renouveler sa mainmise sur le joli Pietro. Antonina, en aristocrate bien élevée, savait dissimuler ses sentiments aux yeux des tiers, mais en fille passionnée et autoritaire, elle savait aussi profiter des figures de la danse pour s'approprier le jeune homme dans son entièreté, cœur, courage et avenir, et ce, parmi les éclairs de ses yeux noirs et la houle de sa chevelure hors du commun. Ne lui avait-elle pas glissé, entre deux révérences : « Pietro, je te le dis : un jour, tu seras à moi ». C'était assez clair. Pietro en était resté émoustillé, et en avait pris tous les dehors de l'amoureux. Mais à sa mère, la Signora Aurelia, rien n'échappait. Dès le lendemain, elle prit son fils à part et lui représenta les règles tacites qui régissaient la bonne société vénitienne. Certes, patriciens et citadins se retrouvaient souvent aux mêmes réceptions, et ils se mariaient parfois, mais c'était toujours au détriment des patriciens, ce que la noblesse acceptait mal. Et parce que la mère d'Antonina était son amie, elle savait par confidence que la Signora Foscarina, destinait la jeune demoiselle au splendide Sopracomito Da Canal. Antonina devenait ainsi pour Pietro un fruit défendu. Pietro aurait dû s'enflammer de plus belle, mais heureusement, il aimait toutes les femmes, lesquelles lui rendaient ses tendresses, et son nouveau statut de cœur brisé lui valut un air de mélancolie irrésistible. Sur ces entrefaites, son père vint à mourir inopinément, lui rendant présent à l'esprit que son avenir était à la tête du domaine de la terraferma que l'ex-chancelier avait développé durant son exil. Loin de Venise, loin de sa lagune et du monde de la mer qui avait nourri ses jeunes années. Débouté dans chacun de ses rêves, Pietro n'était plus ces jours-là qu'un cœur et une énergie à prendre.

Il fit effort pour suivre la conversation de ces vieux mâles issus de grandes familles propriétaires de domaines maritimes dans les îles vénitiennes.

– Les Cyclades ont rapporté une belle production d'olives, cette année. Les Querini en ont retiré deux cents barils de l'huile la plus pure, dit le Capitanio Marcello, désigné par le gouvernement vénitien pour commander le convoi de galéasses qui sillonne la mer Égée.

– On ne peut en dire autant des plaines à blé de Chypre, gronde Vincenzo Foscarini. Les paysans de l'île prétendent qu'ils ont vu les jeunes blés dévastés par des nuages de sauterelles. Je ne sais ce qu'il y a de vrai dans ces affirmations et si les sauterelles ne vont pas sur deux pieds comme vous et moi.

– Terre lointaine, terre incertaine, commenta l'homme au nez d'oiseau. Qui peut faire confiance aux paysans ? Malgré la présence de notre gouverneur, nous restons dans l'ignorance de bien des choses qui se passent là-bas. Notre administration ne sait pas tout et il arrive que des courriers se perdent.

– On ne peut être partout

C'est alors que quelque chose se passa, comme ces frissons de roseaux qui révèlent la présence du nid de la civelle. Il faut agir vite. Une brusque détente.

– Je pourrais m'y rendre, mon oncle, dit Pietro. J'ai même un ami à Famagouste. Il vous suffit de me trouver un embarquement sur une de vos galères.

4 : LAURA

– Figlioccio, tu ne sais pas à quoi tu t'engages.
– Pensez-vous, mon oncle ? Et vous, à quoi vous étiez-vous engagé à mon âge ? Croyez-vous que je ne pourrais faire aussi bien que vous ?
– Je ne pense pas cela, évidemment.
– Alors, considérez que la mort de mon père m'a bouleversé et que j'ai besoin de me rendre utile. Laissez-moi aussi vous remercier de tous vos bienfaits.

L'art de la disputatio enseigné à l'université de Padoue apprenait à trouver en toute circonstance l'argument qui fait mouche. Cet art, qui s'adjoignait le ton de la voix et l'expression du visage, Pietro le possédait par instinct. Ils marchaient côte à côte dans la demi-obscurité de la piazzetta. Bien que Vincenzo fût loin de soupçonner le rôle de sa fille dans la proposition de Pietro, il perçut l'accent de sincérité et comprit les mobiles du jeune homme. Restait pour lui une objection de taille :

– Et ta mère, tu y as pensé ? Elle est veuve, à présent.

– Bien sûr, mon oncle. Et vous savez comme moi qu'elle ne s'opposera pas à mon projet. Ma mère est une guerrière. L'audace de son fils ne peut que lui plaire.

C'était une conclusion un peu rapide mais Vincenzo, qui connaissait depuis plus longtemps que Pietro celle que, dans son cœur, il appelait toujours Laura, se contenta de branler du chef. Telle mère, tel fils. Il n'avait plus qu'à trouver parmi ses collègues un sopracomito en charge d'une galère en bon état.

Mais une fois de plus, il avait sous-estimé Laura. La Signora Aurelia avait écouté, ouvert les mains : la vie avait ses fatalités, les jeunes gens les exigences de leur jeunesse ardente. Elle attendrait, prierait, se distrairait dans l'administration du domaine. Elle n'imposa qu'une seule condition : pas question d'envoyer Pietro se gâter parmi les brutes de la troupe embarquée sur une galère de combat, même si la mission de cette galère n'était que d'assurer l'escorte des convois de commerce. Non. Un Pietro Aurelio serait arbalétrier de poupe sur une grande galéasse de commerce. Tout autre poste serait indigne de lui.

– Vous savez bien, ma mie, que ces postes sont réservés aux fils de patriciens pauvres, afin de les attirer dans le négoce, objecta Vincenzo.

– Et alors ? Répondit-elle. Mon fils n'est pas patricien, mais il est loin d'être pauvre. J'ai de quoi lui acheter un passe-droit, et vous êtes en mesure de me le fournir. Je sais, Vincenzo, que vous aurez à cœur de me donner satisfaction sur ce point. J'ai accepté le plus dur et je ne pose que cette condition.

C'était inattaquable. Une cité habile au commerce sait faire les concessions qui finalement l'avantagent. Ainsi, Pietro Aurelio se trouva porté sur la liste d'équipage de la Zustiniana, capitane du convoi de trois galéasses de deux cents tonneaux, Capitanio Vettor Zustinian, qui quitterait le port de San Marco après la fête de la Vierge du 15 août 1531 pour cingler vers Chypre, hiverner dans l'île et revenir avec le printemps de l'année suivante.

— Comme les hirondelles, dit sa jeune sœur Flora, qui préparait son mariage.

— Comme les hirondelles, Sorellina. Mais rassure-toi, je ne laisserai à personne le soin de conduire à l'hôtel un ange de Bellini.

Il y eut d'autres mots de tendresse, de crainte, pas mal de recommandations, des larmes. Il y eut même un soir, les regards tragiques d'Antonina. Mais Pietro lui souriait, déjà lointain, déjà parti sur les chemins de son aventure.

5 : LE DÉPART

Les trois galères marchandes prirent le large au petit matin, avec le reflux. Dans le bassin de San Marco, l'eau était grise couleur de plomb. Un ciel couvert s'y reflétait en milliers de lames luisantes allant se perdre dans la brume légère. Les trois galéasses étaient au départ, deux d'entre elles mouillées au milieu du port, les rames déployées. La troisième était à quai, la poupe surélevée dominant la riva comme une muraille, ses deux magnifiques lanternes à facettes rouges armaturées de cuivre s'élevant jusqu'à la fenêtre ouvragée du palais des Doges. Un immense étendard rouge et or brodé du lion ailé laissait pendre ses deux pointes à l'extrémité de son antenne. Le prestige de ces insignes indiquait la capitane, celle où venait de grimper, au son des trompettes, le Capitanio Zustinian. Dispersés sur toute sa longueur, l'équipage de la Zustiniana se tenait debout, silencieux, dans une posture solennelle, chacun tourné vers le quai d'où le chapelain de Saint-Marc en dalmatique rouge entouré de diacres porteurs de croix et d'insignes, chantaient des hymnes, tandis que le prêtre brandissait une immense croix qu'il utilisait pour tracer dans l'espace de grandes bénédictions. Les accents de cet office religieux étaient relayés à bord par le chapelain en robe noire, debout à l'extrémité de la rambarde, sur le château arrière. Sur le quai, la foule, des femmes surtout, quelques vieillards, des enfants, chantaient, priaient à voix haute. Les nageurs entre les bancs, les officiers de commerce sur la coursie, les arbalétriers des couroirs et de l'espale, tous se signaient, beaucoup ployaient un genou. De ci-de là, de la menue monnaie frappait la surface de l'eau.

Soudain un coup de sifflet déchira le murmure des prières et une grande rumeur monta des entrailles du navire : la chiourme se mettait en place. D'autres sifflements prolongés retentissaient, des voix beuglantes criaient des ordres, les amarres furent amenées. Les rames commencèrent à se mouvoir, grinçant sur l'apostis, mordant, labourant l'eau dans un chuintement immense couvert par le grand gémissement vigoureux, plaintif, exténué, libéré par des centaines de poitrines. Lentement, le vaisseau se mettait à vivre dans un craquement de son squelette de bois. La façade carrée du palais des Doges se mit à glisser lentement derrière les fanaux de poupe. Le décor basculait. Les deux colonnes de l'entrée du port oscillaient comme des hampes de roseaux dans la brise. Sur le quai, éclata alors une clameur immense. C'étaient pour la plupart des voix de femmes. Des mains se levaient, des mouchoirs s'agitaient aux cris de « Dieu vous garde ! » Des noms jaillissaient de ce tumulte, les bras se soulevaient vers le ciel, forêt agitée par une étrange houle. Sur la galère, l'instant de recueillement se prolongeait. Peu de mouvement. Les visages étaient graves. Et cela durerait jusqu'à ce que le navire ait doublé l'îlot de San Giorgio. Alors, les derniers figurants de ce déchirement toujours renouvelé auraient perdu leur taille humaine, seraient jetés dans le passé.

Pietro ne distinguait plus la forme noire appuyée à la servante grise. Sa silhouette au visage recouvert de dentelle s'estompait dans la brume du matin. Seul le scintillement de la grande croix traversait encore la grisaille mais bientôt les masses des deux autres galées qui s'étaient mises en marche fermèrent tout l'horizon.

Alors, Pietro vit surgir de son souvenir le départ d'une escapade d'enfant sur la rivière longeant la propriété de Casale. Il revécut son impatience, ses frémissements mêlés d'enthousiasme et de crainte, et revit l'image Antonina debout dans la barquette faisant le grand signe de croix des départs périlleux. Il s'aperçut alors que son aventure d'adulte ressemblait étrangement à celle de son enfance, et qu'Antonina y jouait déjà un rôle.

6 : PREMIÈRES HEURES

Venise n'était plus, dans le lointain, qu'un amas confus de grisaille tout hérissé de pointes qui disparut bientôt derrière les bouquets d'arbres et les îles dispersées à l'entrée de la lagune. Le paysage changeait à tout moment. Le pilote menait l'embarcation au milieu des ducs d'albe marquant les chenaux, parmi les multiples pinasses chargées de marchandises et les barcasses de pêcheurs. Plus loin, le paysage lagunaire d'un matin gris fuyait, noyé dans une brume diaphane. Seuls quelques groupes de pieux indiquaient encore un vague chemin vers l'infini. Cette immensité nue lui donna comme un vertige et il eut la sensation presque physique de pénétrer dans un autre monde.

20 août 1531 : jour de la rupture, pensa-t-il. Il en conçut un sentiment de liberté et un frisson d'impatience mêlée d'inquiétude. Tout était devenu étrange : les masses imposantes et rouges des deux

galéasses qui suivaient à bonne distance, la foule des corps humains rangés à ses pieds, actionnant en cadence à bout de bras les longues rames. Cela ressemblait à un monstre marin dont les cent trente articulations, mises en route par le claquement creux de son cerveau de bois, actionnait sa mécanique de tendons et d'osselets. Cela grinçait dans le mouvement continu de plonger ses immenses pattes dans un bouillonnement d'écume. Cela respirait par le lent et souple soulèvement de ses branchies. Quant aux soldats, qu'ils soient répartis le long des flancs de l'animal ou groupés sur la plage du château arrière, immobiles, engoncés dans leurs habits de buffle, coiffés du casque de cuir, ils ressemblaient à ces concrétions calleuses dont se couvrent les vieux crustacés. Au sifflet de la capitane, des matelots se précipitèrent sur les membrures du squelette, et l'on vit tomber des antennes les voiles blanches. Arbres de mestre, de trinquet et d'artimon disparurent ainsi sous des ailes immenses, croisées en ciseaux pour mieux prendre le vent maestral qui soufflait sur la poupe et poussait les trois galées vers l'Istrie. Les rames furent levées, le silence retomba et les trois monstres marins se transformèrent en oiseaux.

Vers le milieu de la matinée, la brume se leva, la mer prit une teinte bleutée, et l'on put suivre des yeux les fustes rapides, les brigantins, les bateaux de toutes tailles qui sillonnaient la mer vénitienne. Ils croisèrent une galea sottile, bâtiment militaire hérissé de canons, qui les salua au passage d'une détonation. La côte plate s'éloignait derrière la poupe ; elle ne forma bientôt plus qu'une ligne à peine visible.

Pietro ressentit une bouffée de bonheur et de bien-être ; il s'abandonna à la sensation intense de se lancer à corps perdu dans la conquête d'un monde sans limites, à cheval sur une bête puissante et magnifique.

La passe du Lido est le lieu de tous les rêves, pour qui la traverse pour la première fois de sa vie. C'est aussi le lieu de tous les mirages et de tous les mensonges

Toute la matinée, le Capitanio, qui représentait l'État propriétaire du bâtiment, était resté enfermé dans sa cabine en compagnie du Scrivan, son secrétaire, et du Patrono, qui représentait les intérêts privés embarqués à bord.

– Nous ne les verrons pas de si tôt, commenta quelqu'un. Ces messieurs contrôlent les états de la cargaison, revoient les comptes de l'armement, font le décompte de la chiourme, calculent les achats à faire en chemin pour l'approvisionnement en vivres. Rien n'est plus préoccupant que les vivres. L'eau, surtout. Ça boit, un galeotto.

– Un bien dur métier, soupira Pietro.

– Rassurez-vous, Messer, ricana un jeune homme un peu suffisant. Sur les galères de la République, tous les hommes sont volontaires. Ces hommes du peuple sont bien payés. Le commerce auquel ils s'adonnent n'est pas taxé et on ménage leurs efforts au détriment de la rapidité des voyages.

A méridienne, lorsque le cuisinier se mit à son fougon, c'étaient à peu près les seuls mots qu'on eût échangés sur l'espale. Les huit arbalétriers de poupe, comme avant un combat, se contentaient de s'observer et ceux qui n'en étaient pas à leur premier voyage n'avaient pas manqué de le faire savoir. Ils prétendaient enseigner les autres avec une désinvolture étudiée. Pietro en retint que le quotidien du passager d'une galère était l'ennui. Et en effet, la conversation commençait à traîner.

Lentement, un subtil parfum de rôti se mit à flotter dans l'air. Il eut l'effet d'un météore annonciateur de pluie au milieu du désert. Enfin, du deuxième étage du château arrière retentirent la cloche et la voix du Capitanio :

– Messieurs, à table !

La voix du Capitanio ne retentissait à bord de la Zustiniana que le premier jour, pour appeler à sa table. Vettor Zustinian était un homme à la mine renfrognée, parlant peu, observant tout d'un œil qui s'ennuie, les coins de la bouche invariablement tirés vers le bas dans une moue dédaigneuse. Il prodiguait à chacun des égards mesurés, impersonnels. Ses pensées semblaient lui suffire. En bon aristocrate, il tenait aux formes et faisait appliquer une étiquette stricte et subtile, qui prenait en compte surtout le rang social mais aussi l'importance de la fonction au cours de l'expédition. La table du Capitanio, comme toutes les tables d'honneur, possédait son décorum et résumait la substance même de l'État Vénitien, sa société et jusqu'à son goût de l'apparat.

Ainsi, de part et d'autre de Vettor Zustinian, incarnation de l'État tout puissant, figuraient successivement le Patrono Marco Balbi, noble, représentant le poids considérable des intérêts privés, ainsi que Stefano Pisani, noble, qui accompagnait pour convenance personnelle une importante cargaison de métaux destinés à Corfou et continuerait le voyage à travers les comptoirs familiaux jusqu'à Famagouste. Après la puissance du commerce, venait la puissance divine, entre les mains du Chapelain ; puis venaient le Scrivan Antonio Memo, un cittadino, mais qui compensait son absence de blason d'or par l'importance de son rôle d'intendant général, un peu comme un Chancelier devant un Conseil des Dix, enfin venait le médecin du bord, secourable au peuple qui travaille, attentif à la sueur de la machine et prêt à plaider pour celle-ci tout en laissant couler celle-là. Au bout de la table, les arbalétriers de poupe, sorte de garde prétorienne, formaient toujours un groupe de jeunes gens généralement respectueux, silencieux et attentifs, admis au cénacle parce qu'ils étaient nobles et supposés s'intéresser au commerce maritime.

Les jeunes arbalétriers étaient entrés l'un après l'autre, avaient salué, s'étaient nommés, guettant une réponse, une lueur dans l'œil du maître, puis allaient se poster à la place que celui-ci leur désignait.

Pietro était entré le troisième.

– Mes respects, Capitanio. Je m'appelle Pietro Aurelio et suis très honoré d'être accueilli par vous.

– Très bien, très bien, répétait machinalement l'homme respectable en lui désignant la dernière chaise de la tablée.

7 : LA TABLE DU CAPITANIO

La cérémonie du repas pouvait commencer. Elle débutait par la prière récitée par le chapelain, un benedicite qui attirait l'attention du Ciel aussi bien sur la nourriture que sur la fortune au sens large.

– Amen ! disait le Capitanio.

L'étiquette voulait qu'il prononçât toujours le premier mot de la conversation, et celui-là étant court et ne l'engageant à rien, il le lançait avec d'autant plus de conviction. Mais pour le premier repas de la campagne, il fallait bien qu'il alignât plusieurs phrases de rang, exercice dont il pourrait d'ailleurs se dispenser tout le reste du temps.

– Signori, bienvenue à bord. La République me demande de rappeler à ceux qui voyagent pour la première fois sur ses vaisseaux, que ses lois, appliquées à terre, prévalent aussi à bord ; qu'elles se résument à considérer que chacun a été désigné à un poste jugé utile pour lequel il est compétent et a signé un engagement. Le seul principe de la vie à bord est le respect de cet engagement auquel vous vous référerez en toute circonstance pour la sauvegarde de l'intérêt commun. En suivant ces saintes prescriptions, Dieu nous accordera sa protection. Messieurs, asseyons-nous.

Après un grand remuement de chaises, apparut le page portant le plat d'argent contenant la viande, tandis qu'un autre servait la polenta et le troisième le vin. Et le service se faisait dans l'ordre des préséances, allant de l'un à l'autre dans un ballet bien ordonné.

— Bon vent, n'est-ce pas, Capitanio, s'exclama sans façon le chapelain en attachant sa serviette. Si Dieu veut, nous serons à Parenzo au coucher du soleil.

— Nous devrons y compléter nos chiourmes, dit le Patrono. Nous nous traînons. Il nous manque encore des rameurs.

Pendant que se commentaient les prémisses du voyage, le plat circulait, s'approchait du bas de table. L'avant-dernier, un grand garçon efflanqué au regard fuyant, rafla les deux dernières tranches du cuissot. C'étaient des tranches épaisses, le chef cuisinier connaissait son affaire et savait quels pièges peut dissimuler un rôti tranché sans équité. Mais quand Pietro, ravalant son indignation, fit tomber l'os du cuissot dans son assiette, où il atterrit avec un son mat, un petit aspirant à la face ronde se mit à pouffer, attirant l'attention du Scrivan sur ce qui se passait au bout de la table.

Le Capitanio fronça le sourcil. De loin, il voyait une énorme masse qui débordait de l'assiette du jeune Aurelio et regrettait déjà d'avoir embarqué ce cittadino sans manières. Mais enfin, la recommandation de Vincenzo Foscarini avait été convaincante et le prix payé pour le passe-droit, substantiel.

– Bon appétit, Messer Garzon, persiflait Antonio Memo. Vous faites preuve d'une belle santé. Rappelez-vous que le cuisinier fait commerce de vivres en dehors de celles que vous recevez dans votre ration, mais il vous faudra payer.

– Messer Aurelio, prenez garde, dit le médecin, il ne faut pas jeûner lorsqu'on vit en plein vent.

– Soyez sans crainte, Messer. J'adore les os. Ils aiguisent les dents, répondit Pietro avec désinvolture.

La diversion avait amusé le sommet de la table. Le Capitanio, qui avait l'habitude de ce genre de batailles entre aspirants, suspendait son jugement. Il avait quand même vu deux cittadini voler au secours d'un autre. C'était dans l'ordre des choses.

– Aurelio, dites-vous ? lança Stefano Pisani qui, en tant que passager, se moquait des tensions qui pouvaient exister à bord. Seriez-vous de la famille de Nicolò Aurelio, qui fut Grand Chancelier ?

– C'était mon père, Messer, répondit fièrement Pietro.

– Ah, ah ! fit l'homme respectable en laissant voir ce qu'il fallait d'enthousiasme. Je l'ai connu, jadis, à Constantinople. Il était à l'époque le secrétaire du Baile Andrea Gritti, avant que celui-ci devînt notre Doge. Votre père m'a jadis dénoué une affaire mal engagée avec un négociant turc. Un litige qui aurait pu me coûter soit ma fortune, soit ma vie.

Stefano Pisani était l'antithèse de Zustinian. Homme jovial, bavard impénitent, il avait toujours un commentaire à faire, un souvenir à raconter. Depuis son jeune âge, il parcourait en tous sens la Méditerranée orientale entre les comptoirs familiaux. Il y connaissait tout le monde, avait des amis et des correspondants partout, et possédait en plus une mémoire prodigieuse.

– Figurez-vous, continuait-t-il, onctueux, en se tournant vers le Capitanio, que ce turc me réclamait une taxe de douze pour cent sur un chargement d'épices…

Pietro n'écoutait plus la suite. Son père, en travaillant pour la République, avait tiré d'affaires nombre de ces patriciens qui plus tard n'avaient pas hésité à l'évincer de son poste et cela ne leur coûtait rien, maintenant qu'il était mort, d'en faire l'éloge. Tout en remuant ces pensées amères, Pietro savait qu'il avait tort de prêter l'oreille à sa rancune, parce que ce devait être en s'imprégnant des récits ce ces vieux routiers qu'on se forme au monde extérieur et qu'on étudie les failles par où l'attaquer un jour. C'est ainsi qu'on fait en escrime. Mais pour lors, ces pensées le soulageaient d'une sorte de rage. Quoi ! A peine s'était-il nommé, et quoiqu'il ne fût pas le plus jeune des arbalétriers, n'avait-il pas été relégué à la dernière chaise ? Eh, oui, Aurelio ! Un cittadino ne devait pas s'attendre à autre chose, à la poupe d'une galère. Et il prévoyait déjà que chaque jour, lorsque les plats d'argent arriveraient au bout de la table, les meilleurs morceaux auraient disparu et que la compétition autour des reliefs serait d'autant plus féroce. Dans sa tête résonnait la voix de sa mère : « Je veux pour toi la meilleure place possible sur une galère. Ta valeur fera le reste ». Par Dieu ! Un jour, je me servirai le premier, rugissait sa propre voix dans un sursaut d'orgueil.

On rassemblait les plats, les verres étaient vides. Là-bas, au sommet de la table, la conversation s'effilochait ; de ce côté-ci, aucun mot n'avait été échangé. Le Capitanio se leva, imité par tous.

– Messieurs les aspirants, dit-il, vous avez eu une journée de repos. Demain, dès l'appel de la cloche, nous ferons un exercice de tir. Messer Memo, veuillez, je vous prie, transmettre la chose au Comite ; qu'il envoie les pavillons pour avertir les autres galéasses.

Pietro sut alors que l'heure de sa revanche approchait.

8 : L'EXERCICE

Le vent mestre s'était arrêté à la fin de l'après-midi et on avait dû poursuivre à la rame. On jeta le fer vers la mi-nuit à quelques encablures de Parenzo. Les gens de la poupe, sauf le Capitaine, le Patrono et son hôte, avaient dormi serrés dans l'entrepont, à côté des coffres, dans ce premier étage du château arrière où l'on tenait à peine debout, parmi les cris intermittents du veilleur, la rumeur des dormeurs et les remugles nocturnes. Le lendemain, à la diane, chacun avait roulé sa couverture dans son matelas de crin, s'était rafraîchi à l'eau de mer, lesté d'une bouillie de maïs, et on se rangeait à présent sur l'espale. Le Capitanio présidait à l'exercice militaire qui se déroulait de la même manière sur les trois galéasses, sous la direction du chef canonnier.

Les charpentiers avaient fabriqué des radeaux sur lesquels une toile était tendue entre deux piquets verticaux. A l'aide de peinture, on avait dessiné grossièrement sur la toile la silhouette d'un homme que l'on appelait turco. Les matelots laissaient filer le radeau au bout de deux aussières, le maintenant dans le courant à distance de tir des arquebuses. On distribua à chaque balestiero trois balles et trois charges de poudre, puis le chef canonnier mit en place son ampoulette graduée car l'enjeu, outre la précision du tir, consistait aussi dans le temps pris pour placer les trois balles dans le turc, c'est-à dire viser, tirer et surtout recharger.

Bref, c'était tout un spectacle qui se préparait et les galeotti, comme ceux de l'équipage qui n'étaient pas retenus par une tâche de maintenance, se rassemblaient où ils pouvaient, debout sur les bancs ou appuyés aux filarets de la bande. D'autant plus que, bien souvent, entre balestieri, on se connaissait bien, puisque la République les recrutait parmi les compagnies de tir du Lido. De sorte que l'exercice prenait l'allure d'une fête, comme les compétitions nautiques où l'on applaudissait les beaux coups, huait les ratés et encourageait son champion. Parfois même, le maître d'équipage devait intervenir à coups de corde sur les épaules pour refroidir les cervelles. La vie sur les galères de la République n'était pas tous les jours une suite de pénibles souffrances.

– A toi, Conti, montre que tu as des couilles !

– Bravo, Zen ! Tu l'as eu !

Certes, Vettor Zustinian n'aimait pas qu'on tutoie les membres de sa garde personnelle, mais enfin, il fallait bien laisser au peuple sa langue et son exutoire. Heureusement, l'esprit de corps laissait les mauvais coups pudiquement anonymes ; à moins que, si l'on ne prononçait pas le nom d'un mauvais tireur, ce soit simplement pour éloigner le mauvais sort. En tout cas, chacun sut, dès ce premier exercice, que le nom d'Aurelio était signe de bonne fortune car il fut acclamé à grands cris pour avoir, en un temps record, envoyé trois balles de plomb dans le cœur même de son turc. Puis on amena la cible pour changer la toile et l'exercice se poursuivit pour les trente soldats du couroir. Enfin on termina la fête par les canonniers qui envoyèrent par le fond, à belle distance mais non sans mal, tous les turcs qu'on leur avait proposés. On y passa la matinée.

Pietro se dit que le repas de méridienne dans la chambre du Capitanio consacrerait sa victoire.

– Mes respects, Capitanio. Merci pour cette bonne matinée.

– Très bien, très bien, répétait machinalement l'homme respectable, tout en lui désignant l'avant-dernière chaise de la tablée.

Garzon avait été désigné pour la dernière. A l'approche du plat d'argent, Pietro, sereinement réservé, se doutait bien que les regards passant sur lui l'auraient jugé en un éclair. D'autres, plus naïfs, l'observaient, comme s'il épaulait encore l'arquebuse. Le croyait-on vraiment assez stupide pour rendre la pareille à un imbécile, en l'imitant d'une manière aussi triviale ? Il fut d'une courtoisie irréprochable, réservant à plus tard, à condition que cela en vaille la peine, une riposte cinglante.

– Messieurs, disait le Capitanio, la constatation générale que l'on peut faire après la séance d'exercice de ce matin, c'est qu'il vous faut encore grandement améliorer votre habileté au tir. Je sais que vous n'êtes pas des soldats de métier. Il n'empêche. Vous aurez à défendre la poupe en cas d'attaque ou tout simplement à vous défendre vous-mêmes. Nous venons de faire un exercice à l'arrêt, en eau plate. Demain, nous en ferons un pendant la navigation. Tâchez au moins d'améliorer le temps que vous mettez à recharger.

Sans un mot, les jeunes gens s'entre-regardèrent. Pietro croisa le regard chafouin de son voisin. Il se dit que peut-être il avait eu tort de traiter par le mépris l'attaque de cet imbécile en jouant les grands seigneurs. Car, comme disait son père, on n'a jamais le dessus, aux yeux des imbéciles, et c'est pour ça qu'ils sont dangereux.

9 : LES TERRONI DE VÉRONE

Le lendemain, sous une houle qui venait par le travers et un vent de ponant, on se remit à l'exercice de tir. La chiourme avait été divisée en quarts et seuls les deux quarts avant assuraient la route à une cadence ralentie. Les huit balestieri se mirent en rang. En réalité, on n'en comptait que sept, l'un d'eux étant occupé à rendre tripes et boyaux dans un coin de l'espale sous le vent. Ils se tenaient, les pieds écartés, tentaient de compenser de leur mieux le roulis qui les jetait parfois les uns sur les autres au milieu de protestations furieuses. La plupart des coups d'arquebuse faisaient gicler au ras de l'eau des petits jets d'écume et l'arquebusier n'était que trop content d'avoir pu recharger rapidement sans perdre l'équilibre. Vint le tour de Pietro. Il s'assouplissait sur les chevilles, sur les genoux. Il mit en joue, se stabilisa dans le creux de la vague, attendit de voir passer le turc dans l'axe de sa mire, fit feu. La charge de plomb gicla au-delà de la cible. Pendant qu'il rechargeait, il revit le canard en vol, entendit la voix de Nicolò Aurelio : « estime le temps que met la mèche de ton arquebuse pour communiquer le feu à la charge de poudre. Compte jusqu'à deux, parfois trois, cela dépend de la qualité de la poudre. Observe le sens du vol et anticipe. » Trois, Père. J'ai compté trois, hier. Ils ne donnent pas la meilleure poudre pour l'exercice.

Il remit en joue, prit le rythme de la houle, pressa la détente. Une poussée dans le dos le projeta en avant. La balle fit jaillir sa petite dentelle au ras de l'eau. Pietro poussa un rugissement de fureur.

– Désolé, camarade, fait derrière lui une voix traînante. Cette sacrée houle m'a fait perdre l'équilibre !

C'était Garzon qui s'appuyait sur son arquebuse comme sur une troisième jambe. Pietro rechargea. On savait qu'il rechargeait vite. Aussi prit-il résolument le temps de foudroyer du regard celui qui l'avait percuté et qui, du coup, fit un pas en arrière. Enfin, Pietro mit en joue, se concentra sur ce qu'il avait à faire. Le coup partit. Une grande clameur monta des bancs et du couroir. Pietro posa l'arme au pied. Je l'ai eu, Père ; presque en plein cœur ! Quand il se retourna, une grande confusion régnait derrière lui sur l'espale. Garzon se relevait en maugréant, pâle de colère contre un galeotto du premier rang qui, s'étant mis debout sur son banc, sans doute pour mieux voir, était tombé à la renverse et s'était accroché à ce qui était à sa portée.

– Mille pardons, Seigneurie, se lamentait le pauvre homme qui se tortillait à genoux, se frappait le front sur le bord de la plate-forme, son bonnet sur le cœur.

– Maladroit ! Abruti ! fulminait Garzon. Si je t'y reprends, je te fais donner cent coups de corde !

Le maître de chiourme s'était approché, calmait l'un, menaçait l'autre. Le galeotto reprit sa place d'un air docile, non sans avoir cherché le regard de Pietro et lui avoir adressé un énorme clin d'œil significatif. De toute la matinée, le turc fut atteint deux fois ; la deuxième, ce fut par un coup moins ajusté d'un soldat du couroir. Les canonniers finirent par détruire la cible, mais sans l'avoir éloignée au préalable. La table du Capitanio fut inchangée ; son commentaire aussi. Puis la conversation de ces messieurs du haut de la table roula sur les galères récemment armées à l'arsenal.

– Et qu'advint-il, dit le chapelain, de ce pauvre Véronais qui vint un jour proposer au Sénat d'armer une galère ?

– Agostin Castiglion ? ricana le Scrivan. On sut étouffer l'affaire.

Devant l'air interrogateur du Chapelain, Stefano Pisani se laissa aller à son penchant, qui était de raconter des anecdotes :

– Ce riche cittadino de Vérone était allé jusqu'à vendre des terres pour avoir la gloire d'armer une galère qui portât son nom. Il proposa d'y faire monter la troupe de gens qu'il conduisait. Après inspection de ceux-ci et étude de son dossier, le Sénat accepta sa proposition avec enthousiasme. Ce fut le peuple qui fit monter la tension en les traitant de culs terreux : terroni, andè arar ! A force de s'entendre traiter ainsi, et conseiller de retourner à leurs labours, nos véronais devinrent nerveux. Un jour, un groupe de ces hommes en armes se prit de querelle avec un maître coutelier ; les voisins des autres boutiques, ameutés par les cris, vinrent soutenir leur compère, et ce fut la bagarre. Même les femmes lançaient des pierres du haut des fenêtres.

    – Et qu'advint-il ? insista le chapelain.

    – Le coutelier trouva la mort, Agostin Castiglion et trois des siens furent jetés en prison, ses gens renvoyés à Vérone et la galère à l'arsenal, conclut Pisani.

    – Des hommes scandaleux, en vérité, grogna Zustinian.

    Pietro pensait que tout ce qu'on lui avait dit des galères de la République était vrai : que partager le même danger n'effaçait pas les préjugés de caste ; que les haines y fleurissaient, causées par des inimitiés de principe, des antagonismes d'humeur, les hasards du jeu, exacerbées par l'ennui, le manque d'espace et la promiscuité. Elles aboutissaient parfois à des luttes chaudes, à des duels aux poings, au couteau, à l'épée, et que toute voie de fait était punie avec la dernière sévérité : emprisonnement, bannissement. Il faisait le tour des visages, jugeait de leur sympathie, dénombrait ceux qui restaient clos, comptait ceux qui pourraient être de ses amis et concluait qu'il ne pourrait compter ni sur la clémence du Capitanio, ni sur l'intelligence d'un chapelain qui savait initier de si belles conversations.

Il entendait ces messieurs ricaner. Garzon, à ses côtés, qui n'avait pas osé se joindre aux rires, s'était contenté de souffler sur son morceau de viande, comme une hyène à l'approche d'une odeur ennemie.

10 : L'INJURE

La navigation se faisait en quarts alternés. Les deux quarts arrière souquèrent tout l'après-midi. On l'aidait en hissant une voile sur l'arbre de trinquet, son antenne bien arrimée, car la houle était poussée par un vent de travers. Ce bercement, les bruits monotones de la nage, la psalmodie espacée du pilote commandant le gouvernail, tout portait à l'ennui.

Sur l'espale, les conversations se levaient timidement.

– Je vous ai vu tirer, Messer Aurelio. Vous vous débrouillez fichtrement bien.

C'était Marco Polani, ce jeune homme de petite taille, un peu replet, la face ronde, qui avait pouffé sans façon au premier repas, quand Pietro s'était servi l'os du plat.

– Je n'en ai aucun mérite, Messer Polani. Cela fait longtemps que je vais tirer au Lido.

Interrogé par son confrère, Pietro fournit quelques détails sur l'organisation de ces compagnies sportives de tireurs à l'arbalète ou au mousquet, dont le gouvernement se servait parfois pour des missions précises. Puis un autre collègue sollicita Marco Polani pour jouer aux cartes. À quelque distance, Garzon et deux autres tiraient les dés. Pietro sortit un livre.

Le lendemain, le convoi fit escale à Pola. Les Patroni complétèrent les vivres, firent l'aiguade, échangèrent quelques malades contre des rameurs frais et aguerris. Puis on passa une longue heure à procéder à l'appel et à peaufiner les listes d'équipage. Lorsqu'on se remit en route, la matinée était avancée mais le vent mestre soufflant de façon régulière permit de déployer les voiles des trois arbres. On se préparait à quitter la côte, faisant une longue étape en coupant le golfe de Segna pour retrouver les îles côtières de Dalmatie et faire relâche à Zara. Sur la galéasse, chacun trouvait lentement sa place, s'adaptait au rythme de la vie à bord, qui n'était autre que celui des quarts réglés par les ampoulettes, les coups de sifflet, les aboiements du Comite et la voix monotone du pilote. On guettait la fumée de la cuisine et on s'ennuyait à mourir.

Dans l'après-midi, Garzon se mit à observer Aurelio qui lui tournait le dos, plongé dans sa lecture.

– Vous lisez beaucoup, Aurelio.

– Avez-vous mieux à me proposer ?

– Vous êtes un homme de bibliothèque, d'encrier, peut-être. Oui, c'est cela : le fils d'un secrétaire, après tout.

– D'un Chancelier, oui. D'ailleurs, n'est pas secrétaire qui veut, Messer. Ni étudiant à Padoue.

Qu'avait-il besoin de dire cela à cet imbécile qui n'y comprenait rien ? Et, l'espace d'un instant, il regretta amèrement d'avoir quitté Padoue.

– Padoue… Je m'en doutais… Terrone.

Garzon jouait à faire sauter ses dés dans sa main. Il avait des traits aigus, des yeux tirés vers les tempes et cela donnait à son visage un air de ruse mais on n'y trouvait pas l'éclat de l'intelligence. Son sourire pouvait cacher n'importe quoi d'imprévisible. Et Pietro, quoique sur ses gardes, ne voulait riposter ni trop vite ni trop fort.

– Terrone, exactement, répondit Pietro avec onctuosité. Si vous saviez combien il y a de terroni à l'Université de Padoue ! On vient de l'Europe entière se nourrir à leur science que vous semblez ignorer.

– Terrone ! En voilà un qui se sent flatté d'être terrone !

Élevant la voix, prenant les autres à témoin, il en avait réveillé quelques-uns qui se mirent à écouter la conversation.

– Voulez-vous, reprend Pietro, que je vous explique la pensée d'Averroès, défendue par Alessandro Achillini ou tenez-vous plutôt pour Pomponazzi ?

– Terrone.

– Arrêtez, Messer Garzon, intervint Marco Polani d'un ton conciliant, vous êtes désagréable.

– Je vois que vous vous ennuyez, Messer Garzon, dit Pietro, et que votre discours se limite à un seul mot. Voulez-vous que je vous lise les vers de Messer Ariosto ?

– Terrone, poltrone.

– Eh, mais nous progressons ! fit Pietro arborant un sourire, car nous voilà un mot de plus et une rime ! Allons, poursuivez : les mots en -one ne doivent pas manquer.

Sebastian Grassi, qui pensait sans doute à une joyeuse grossièreté, se mit à rire puis se reprit :

– Ah basta Garzon ! Parlez donc un autre langage que celui du peuple du quartier de l'arsenal.

Parfois, ceux qui manient le fleuret se prennent un coup de bâton. La suprême ironie de Pietro, qui avait attiré à lui la sympathie des deux autres, eut cet effet-là. Garzon se voyant isolé, à bout de ressources, sortit une massue :

– Poltroni, andé arar. C'est ce qu'ont fait tes ancêtres et que tu n'aurais jamais dû cesser de faire. Ton père trempait ses doigts dans l'encre et son cul dans la terre. Quant à ta mère…

Il cherchait des mots bien gras mais ne les trouvant pas, se contenta de l'allusion et résuma le fond unique de sa pensée :

– Que viens-tu faire ici ?

Pietro s'était déjà levé lentement. Il était pâle.

– Signore, vous avez passé les bornes et je vous défends d'insulter mes parents. Peut-être voulez-vous faire parler les armes. Vous tâcherez de vous expliquer lors de notre prochaine escale. Si j'étais vous, je penserais à m'excuser avant cela, sans quoi je vous ferai ravaler ces mots avec la pointe de mon épée.

Grassi et Polani s'étaient jetés sur Garzon avec des reproches et des protestations exaspérées qui avaient fait dépasser la tête de Zustinian par dessus la rambarde des chambres de maître. Pietro avait aperçu du coin de l'œil l'ombre du Capitanio mais il n'avait cure de la présence de ce témoin d'ailleurs passif. Il consacrait assez d'énergie à dompter sa fureur et à garder l'apparence de la froideur. Impassible, il regardait Garzon, tout maugréant encore, emmené par ses deux collègues vers les couroirs où le vent fraîchissant promettait de lui être bénéfique.

Pietro ne se rassit et ne reprit son livre que quand le misérable eut quitté son champ de vision. Mais les lignes imprimées défilaient sous ses yeux sans qu'il parvienne à en capter le sens.

11 : OBRAD

Sur le chemin de Zara, Pietro n'avait pas retrouvé sa liberté d'esprit. Il demeurait calme au dehors, tendu au-dedans, regardant la mer avec une apparente appréhension qui n'était que l'infime manifestation de son mal secret. Le diable l'avait amené droit vers le danger, non un rocher sur lequel se fracasserait son navire, non une tempête, mais un danger plus insidieux et pourtant certain, prévisible, préparé pour le faire chuter presque au lendemain de son embarquement : l'obligation de se battre pour sauver son honneur. Le soir, à la faveur de l'ombre, il montait sur le château arrière pour voir le crépuscule étendre son voile sur une mer vide. Seuls deux points lumineux s'étageaient comme une traînée derrière la poupe de la Zustiniana dont le fanal brillait dans la nuit. Du côté du ponant, une émanation turquoise montait encore à la rencontre du bleu nocturne qui avait envahi la moitié du ciel. Ces lueurs incertaines soulignaient les efflorescences des écumes autour du bateau. Ce spectacle grandiose et mouvant l'apaisait un peu.

Un soir, en descendant de son perchoir, il se heurta dans l'obscurité à une épaule.

— Mille pardons, fit-il instinctivement.

— C'est moi, pardon, Seigneurie.

C'était une voix grave au parler guttural qu'il reconnut tout de suite pour celle du vogue avant qui lui avait fait le clin d'œil complice lors de l'exercice de tir. Pour la première fois depuis cet événement, il le trouvait au repos, puisqu'on venait de sonner le changement de quart. C'était un solide gaillard, grand et fort autant qu'un turc, avec des moustaches tombantes et le crane rasé. Comme il était sûrement mal vu qu'un arbalétrier de poupe s'entretienne avec un galeotto, Pietro s'approcha de l'homme avec discrétion, lui parla à voix basse :

— C'est bien vous, Messer, qui m'avez fait signe depuis votre banc, lorsque j'ai tiré à l'arquebuse.

— C'est moi, fait l'autre d'une voix profonde.

— Je voudrais vous dire deux mots. Montez donc sur l'espale.

— Non, sur l'espale, je ne peux. Et trop de monde dans le couroir. Viens pisser, Seigneurie.

Pietro se vit emboîtant le pas au galeotto qui se dirigeait le long de la coursie vers la plate-forme basse de la proue. Ce lieu comprenait une rambarde et une planche munie de plusieurs trous, assez basse sur l'eau pour permettre, le cas échéant et sans acrobatie, de laisser à la mer le soin de sa toilette intime : l'eau y était claire et sans cesse renouvelée.

C'était le seul endroit de la galère où personne ne s'étonnerait de trouver dans un viril coude à coude un noble et un galeotto. Aussi, parce que chacun s'y dépouillait de sa dignité, s'y conduisait-on avec plus de gravité que devant un catafalque contenant un mort vénérable. Nulle part ailleurs sur la galère, la règle du vouvoiement, qui pousse au respect mutuel, ne prenait autant d'importance et de saveur.

— Je voulais vous remercier, dit Pietro.

— Pas merci. Empêcher empêcheur, c'est laisser liberté. Tu tires bien, Seigneurie.

Pietro ne put s'interdire de sourire. L'homme tutoyait, mais on sentait que c'était parce qu'il parlait une autre langue, cette langue solennelle et antique que l'on connaissait aux peuples de la montagne croate. Ses phrases sobres, son accent rude qui alourdissait les mots avaient quelque chose de majestueux. Pietro se sentit une sympathie immédiate pour ce géant rugueux et bienveillant.

— D'où êtes-vous ?

— Poglizza. République indépendante, répondit-il avec fierté.

— Et vous êtes venu jusqu'en Istrie… ?

— Longue histoire et long chemin. Je suis pêcheur, sur la mer. De Clissa viennent pirates Uscoques. Je suis pris. Je refuse de devenir pirate. M'enfuis par les montagnes. En Istrie je viens. Là, Venise ; travail honnête, je reçois coffre pour faire commerce et acheter autre bateau.

— C'est bien. Comment vous appelez-vous ?

— Obrad. Obrad de Sumpetar.

— Moi, je m'appelle Pietro Aurelio. Vous êtes un honnête homme, Obrad de Sumpetar. La prochaine fois que vous passerez à la cambuse, laissez-vous servir du vin, on ne vous le fera pas payer parce que ce sera de ma part.

— Merci. Toi Seigneurie. Mais prends garde à l'homme qui t'a injurié, ajoute-t-il d'une voix venue de ses entrailles. Te veut du mal ; sera déloyal. Quand tu te battras, je ne pourrai rien pour toi.

— Je sais, Obrad.

— Alors, je prie pour toi, Seigneurie. Toi, bien dormir il faut. Serons à Zara demain.

Et la grande silhouette remonta sur la coursie où elle prit garde de ne pas se cogner aux manches des rames qui travaillaient déjà dans les quarts de l'avant. Quand Pietro remonta sur l'espale, Obrad était déjà couché sur son banc, emballé dans sa couverture.

12 : LE DUEL

La ville de Zara est comme un fort dont une multitude d'îles forment les bastions. Ses murailles protègent une ville serrée autour de la masse imposante de son église San Donato.

– Une ville prise et reprise au cours des siècles, mais qui ne nous coûta finalement que cent mille ducats pour l'acheter au Roi de Naples, commentait Stefano Pisani. Cette poignée de belliqueux menaçait notre suprématie. Nous en avons fait des vassaux utiles et prospères. Il faut souvent choisir entre l'indépendance et la richesse. Nous avons choisi pour eux.

Pietro écoutait l'infatigable patricien mêler notions d'histoire et commentaires moraux, comme s'il se sentait une responsabilité dans l'éducation des jeunes balestieri rassemblés autour de lui. Mais Pietro demeurait tendu. Il ne portait aucune attention à la beauté de la lumière ni à la géométrie des murailles. Son œil se portait sur la rive du continent, du côté des entrepôts dont les murs aveugles cacheraient le combat qu'il allait engager, du sang peut-être, peut-être aussi un malheur qu'il ne pourrait éviter et sur lequel rebondirait ou se fracasserait le cours de son existence.

Après avoir débarqué, la petite troupe entourant Pietro passa entre les entrepôts, longea un dédale de baraquements, de masures borgnes entourées de tas de gravats et de monceaux d'ordures visités par des goélands braillards. Le chemin désolé qu'ils suivaient au hasard les conduisit derrière un appentis aux murs crevassés. Pietro, qui dirigeait l'équipée, se retourna :

– Voici le lieu qui nous convient, Signori.

Il lança son pourpoint à Marco Polani, apparut en chemise, l'épée ceinte au côté. A six pas de lui, Garzon, à gestes lents, suant le mépris, confiait son vêtement à Sebastian Grassi. Pietro avait dégainé ; l'épée nue à bout de bras, il attendait que l'autre se mette en garde pour faire comme lui. Mais sans transition, Garzon, s'animant soudain, dégaina en un éclair et fondit sur son adversaire dans une attaque foudroyante. Le traître, pensa Pietro. Mais il avait tort : mettre l'épée à nu, c'est engager le combat. Et tant pis pour celui qui n'est pas en garde. Heureusement, il avait esquivé avec agilité, mais il avait laissé supposer à son adversaire qu'il ignorait jusqu'à cette précaution élémentaire. Première erreur. Toutefois, il avait choisi pour se battre ce recoin d'ombre et s'en félicitait, à présent qu'ils échangeaient leurs positions de part et d'autre d'un cercle où les jetaient les assauts et parades successives. Ils tournaient autour d'un axe central, exécutaient les figures d'une danse sauvage, s'éloignaient, revenaient, heurtaient leur dard de fer dans un jaillissement d'étincelles, ahanaient sous le choc et suffoquaient sous l'effort. Garzon attaquait sans relâche, feintant, avançant de tous côtés. Pietro, tendu et rapide, contrait, parait, retenant son souffle, observait le jeu de l'autre, tantôt soutenait l'attaque, tantôt se dérobait souplement. Mais il restait sur la défensive, tout en sentant que la charge en force ne devrait pas tarder car l'autre prenait de l'assurance en même temps qu'il cédait à l'exaspération.

A nouveau, Garzon se jeta sur lui en poussant un cri rauque. Pietro n'eut pas le temps de le contrer du bout de la lame. La pointe de l'arme ennemie fondait sur lui, dirigée droit vers sa poitrine, allait l'atteindre en plein cœur. Il leva le poing et les deux épées glissèrent l'une sur l'autre jusqu'à s'arrêter garde contre garde, à deux paumes de leurs visages. Ils se défièrent ainsi, leurs forces opposées s'annulant, le regard fiévreux, le souffle court.

– Terrone, gronda Garzon, tu aurais dû apprendre à te battre.

Pietro sentit sur son front l'haleine de son ennemi. Il soupesa sa rage mais comprit qu'ils se fatiguaient tous deux inutilement. D'un effort formidable, il repoussa du poing son adversaire à l'autre bout du cercle et ils s'observèrent à nouveau, reprenant leur souffle, jambes fléchies, dans une transe de rage et de tension. La sueur perlait leur front, leur ruisselait dans le dos.

Dans le crâne de Pietro retentissait, entre les battements de ses artères, la voix de Maestro Lapunta : « Utilise l'impulsion de ton adversaire, non pour le contrer mais pour le déséquilibrer. Reviens en arrière, regarde…» Revenir en arrière… Il suffisait de laisser Garzon charger une deuxième fois et en effet, il revint dans un cri furieux. Mais cette fois, Pietro l'attendait. Il s'esquiva encore, laissa les gardes des épées se rejoindre à nouveau, mais au dernier moment, poussa latéralement pour déséquilibrer son assaillant. Celui-ci, dans sa stupeur de se sentir tomber, ne résista pas au coup de poignet qui envoya son épée virevolter à dix pieds de lui.

Cette dernière phase du combat n'avait duré que le temps d'un éclair. Garzon regardait effaré Pietro se dresser au-dessus de lui, l'épée pointée sur sa glotte.

– Vos excuses, Messer !

Garzon chercha son épée. Elle gisait au sol, hors de portée. Pietro fit peser la pointe de la sienne.

– J'attends.

– Je… Je vous prie de m'excuser, Messer, prononça Garzon d'une voix rauque.

– Vous vous souviendrez, à l'avenir, à qui vous avez à faire. N'en parlons plus, dit Pietro en rengainant son arme.

Il tremblait un peu, s'épongea le front, jeta son pourpoint sur son épaule, fit un signe de tête aux deux jeunes gens qui avaient servi de témoins.

– Merci, Signori. A présent, j'ai soif. Je me propose de vous offrir à tous une ombra sur le port.

13 : ZARA, LA PIERRE CHAUDE

En dépit de son air assuré qui en imposait à ses compagnons, Pietro mit un temps à reprendre ses esprits et à s'intéresser au monde extérieur. Évidemment, Garzon avait décliné son invitation avec des mots polis mais il gardait la mine renfrognée, arguant de la nécessité pour lui d'aller saluer un ami d'une autre galère, à l'autre bout du quai. On avait vu de loin qu'il croisait le Capitanio et que celui-ci s'était retourné sur lui après lui avoir rendu son salut. Aucune phase de la querelle n'avait échappé ni à l'équipage, ni au maître du convoi. La règle tacite était que, tant qu'il n'y avait ni mort d'homme ni sang, on prenait le parti de fermer les yeux, estimant qu'il n'y avait là qu'expansion du sang bouillant de la jeunesse. Aussi, de voir revenir l'offenseur de la démarche mal assurée du vaincu était bon signe. D'autant plus que, de l'autre côté du quai, l'offensé s'adossait au mur d'une taverne en compagnie de ses témoins.

Pietro se détendait lentement. Le vin frais et désaltérant de Thessalie lui avait décollé la luette du gosier et continuait à lui prodiguer ses bienfaits. Il en avait bu assez pour ne plus voir dans sa querelle qu'une aventure héroïque dont il devait à coup sûr sortir couvert des lauriers de la victoire. Et ces lauriers, il avait décidé de les porter avec beaucoup d'aisance car il voulait avoir le triomphe naturel, et, s'étant déjà acquis le respect d'autrui, il n'aspirait plus qu'au panache de l'avoir mérité sans effort. De sorte qu'il pouvait à présent faire comme ses amis, regarder autour de lui et admirer la bigarrure invraisemblable de la foule et la diversité des costumes, des types, des activités qui se déroulaient sur le port de Zara.

– Sommes-nous à Venise ou à Constantinople ?

En effet, on voyait passer plus d'habits turcs que de costumes européens. Des hommes en turban conduisaient des mulets chargés de peaux, de sacs de blé, de ballots de laine. Des acheteurs sortaient leurs propres poids pour peser selon les mesures de Venise. Les uns entassaient dans des charrettes tirées par des ânes des lingots de métal, des écheveaux de fil de fer, des rouleaux de tissus. On vit même passer en équilibre sur la tête d'un jeune garçon un lot de chapeaux emboîtés les uns dans les autres, formant une tour qui dominait la foule. Plus loin, un pâtre des montagnes conduisait un troupeau de moutons vers une barge. On roulait des barriques, on transportait des sacs de sel, de grain, des rames. Tout un peuple s'agglomérait autour des galères, sollicitait, criait des noms de denrées, des chiffres, des prix, des noms de négociants. Les galeotti se mettaient en bonne place, ouvraient leur coffre, offraient leur pacotille : coraux, perles de Murano, couteaux, clous, outils de métal. Des femmes en fichu et robes échancrées se montraient aussi, mais sans se presser : elles attendaient que les hommes soient satisfaits de leurs affaires pour commencer les leurs.

– Que faisons-nous ici ? s'inquiétait Marco Polani. Ne devrions-nous pas nous mêler à la foule et penser à écouler ce que nous avons mis dans notre coffre ?

– Peut-être, Messer, répondit Pietro. D'un autre côté, il me semble qu'il n'est pas mauvais d'observer. Après tout, nous commençons à peine notre voyage.

– Quant à moi, dit Grassi, une semaine de galère me suffit pour avoir l'impression que les poux me sortent des oreilles. Que diriez-vous d'une visite aux étuves ?

Les bains turcs étaient toujours sollicités à l'arrivée des convois. Leur hygiène contrastait tellement avec celle pratiquée à bord des galéasses. Sur la pierre chaude où l'on terminait de se détendre, chacun étant vêtu du même pagne, les hiérarchies n'avaient plus cours et les conversations étaient générales. Pietro, en s'approchant, y reconnut plusieurs hommes de son équipage.

– Tiens ! Voilà notre héros du jour, sourit le Scrivan Antonio Memo. Tout le port retentit de votre habileté… désarmante.

– De quoi parlez-vous ? répondit Pietro avec désinvolture, il ne s'est rien passé d'extraordinaire, que je sache.

– Bien sûr, bien sûr, fait l'autre suant aussi l'ironie. Enfin, vous avez rabaissé la morgue d'un petit morveux et on ne vous en fera pas grief. Votre seul tort eût été de mourir ou plutôt de lui soutirer une pinte de sang.

Fort bien, se dit Pietro. Ainsi, tout le convoi était au courant de l'issue de sa querelle. C'est ainsi que se font les réputations. Après tout, il n'en était pas mécontent. Mais à l'avenir, il faudrait vivre à la hauteur de cette image.

– Messer Aurelio, entonna Stefano Pisani de sa voix chantante, une colonie vénitienne n'est rien d'autre que Venise en miniature. Tout s'y voit, s'y entend, se sait, se colporte. N'espérez pas échapper à cette réalité que vous aurez l'occasion d'expérimenter encore.

Et Pisani de se lancer dans une série de comparaisons entre Zara et Venise, Venise et Corfou, Lesina, Famagouste…

– Comment se fait-il qu'il y ait tant de turcs à Zara ? questionna Pietro.

– Bonne observation, Messer Aurelio, répondit Stefano Pisani. Et vous en verrez dans toute la Dalmatie. Il existe des frontières théoriques entre des territoires turcs, vénitiens et Habsbourg, sans compter les républiques indépendantes comme Raguse et Poglizza. Mais ces frontières sont perméables, le commerce s'y pratique comme à Venise. Et les déplacements et les échanges. Parce que les populations locales y trouvent leur intérêt et que le commerce n'a point d'ennemi. Par exemple, à Zara, les sujets du Sultan conduisent leur bétail pour l'hiver sur les plaines littorales et le confient sereinement à la garde des populations vénitiennes ; l'été, c'est l'inverse qui se produit. A Cattaro, quand les moulins cessent de fonctionner durant la période sèche, les paysans portent leur blé de l'autre côté de la frontière. Une année, j'y étais lors des festivités de la San Triffone. Les Turcs étaient deux fois plus nombreux dans la ville que les habitants locaux, parce que ces jours-là, le vin, disait mon ami Giulio Cortone, y coule à flots aux frais de la caisse publique.

Il fallait peu de choses pour lancer Pisani sur ses souvenirs de voyage. Le digne homme était allé partout, avait des relations dans tous les comptoirs vénitiens. C'est le raison pour laquelle, au moment où le groupe allait se séparer, Pietro s'approcha du conteur.

– Messer, vous me semblez connaître tout le monde. Pouvez-vous m'indiquer où loge le médecin de cette ville ?

– Comment, Messer Aurelio, nous cachez-vous quelque blessure reçue dans votre duel de ce matin ?

– Non point. Je transporte des livres dans mon coffre. L'un d'eux est le dernier traité de médecine écrit tout récemment par nos docteurs de Padoue. Je voudrais le lui montrer.

Pisani considéra Pietro avec intérêt. Ce jeune homme était effectivement différent des autres aspirants. Cultivé : il savait donner la réplique avec bonheur, avait plus d'une fois relancé la conversation. On sentait qu'il s'était frotté à l'université de Padoue. Riche et visant haut : il s'était sans doute procuré des livres dont il comptait probablement faire commerce en s'adressant aux notables de chaque ville, non de la pacotille, comme font les autres. Et fier, d'un caractère bien trempé, sachant manier l'épée. Sans aucun doute intelligent, pénétrant, vif. Comme son père. Comme en négociation, Pisani prit une décision immédiate que lui dicta son instinct et il s'entendit donc prononcer :

– J'ai à faire demain matin dans le quartier de San Donato. Je vous conduirai chez le médecin de Zara. Après quoi vous m'accompagnerez dans mes démarches où je vous présenterai comme mon secrétaire et mon aide. Cela vous convient-il ?

– Pardonnez-moi, Signore… je suis confondu devant votre générosité, mais ce n'était pas là l'objet de ma demande, protesta Pietro tout confus.

– Je le sais. Mais c'est là ce que moi, je vous offre. Demain matin. Allons, ne refusez pas, vous risqueriez de me décevoir.

Et, tournant les talons sans attendre de réponse, Pisani rejoignit le valet qui l'attendait dans le cabinet. Il n'était pas question de penser sous les nouveaux jets d'eau claire qui emportaient dans leur trombe les dernières impuretés de la peau. Durant tout ce temps, Pisani gardait dans l'arrière-cour de sa mémoire, comme un remords, le regret de paroles trop promptes et l'étonnement d'avoir manqué de prudence. Mais enfin, lorsque, coiffé, séché, il enfila avec volupté ses vêtements fraîchement lavés humant la lavande, il commença à réfléchir à sa conduite.

Il se dit qu'il avait perdu un neveu âgé de vingt ans et le voyait revivre en ce jeune homme ; que ce Pietro Aurelio, orphelin de fraîche date et sans nul doute plein de projets, méritait qu'on s'intéressât à lui ; que lui-même, prenant de l'âge, l'idée de transmettre à un jeune homme vaillant et sage tout ce qu'il savait sur le commerce n'était pas faite pour lui déplaire ; que, se fatiguant insensiblement, il avait parfois besoin d'un cerveau de plus pour se rappeler le cours d'une denrée. Il se dit enfin que, si le père lui avait jadis porté bonheur, le fils, qui lui ressemblait à beaucoup d'égards, en ferait autant. Quoi qu'il en soit, conclut-il pour achever de se rassurer, je pourrai toujours justifier un changement d'avis lorsque j'aurai vu comment il s'y prendra avec le médecin et surtout comment, n'étant pas mourant, il passera le barrage de son dragon de femme.

14 : LE SEL DE CORFOU

Quand Pietro ouvrit devant le médecin Bardolo son balluchon contenant ses livres, Pisani sut qu'il venait de faire la meilleure affaire de sa vie. Le commerce, pour l'honorable marchand, était insensiblement devenu de la routine. Cela commençait par des palabres d'hommes sur la politique, le climat des affaires en général, les intentions du Pape, celles de Charles Quint, du Sultan, les contraintes de la navigation. Aujourd'hui, cela avait commencé par une entreprise de séduction et le jeune Aurelio, qui n'avait pas que des livres dans son havresac, sut trouver du charme aux yeux de la Signora Bardola grâce à un sompteux collier de perles mordorées de Murano qui lui adoucit aussitôt le regard. De sorte qu'au bout d'un temps, le médecin, assis à sa grande table, admirait les illustrations anatomiques savamment dessinées par des artistes et gravées à Venise. Sa femme et ses filles s'extasiaient de leur côté devant les ouvrages de poésie joliment illustrés ou les gravures de la mode actuelle dans la métropole. Pendant que les dames s'émerveillaient, Pietro glissait parmi les conseils de Fracastoro, le célèbre médecin de Padoue, quelques gravures licencieuses qu'un graveur avait copiées de Giulio Romano, artiste qui n'avait pas son pareil pour imaginer les galipettes des dieux en compagnie de nymphes et sublimes mortelles. Si bien qu'ayant satisfait tout le monde, Pietro prit congé en soupesant bonne bourse.

– Jeune homme, vous irez loin, dit Pisani. J'avoue que je me suis égayé en vous regardant faire. Mais d'où vous est venue cette idée étrange de vous engager comme militaire à bord de ce convoi ?

La question était posée sur un ton très intéressé, un ton de commerçant qui pose une question essentielle qui conditionnera son achat. Pietro repensa en un éclair à la vraie réponse, celle qui était son secret intime, qu'il ne pouvait révéler sans dévoiler le secret de sa naissance et celui de sa famille. Or, il avait fait serment à sa mère de l'enfouir à jamais dans le tréfonds de son âme. Il s'était donc forgé des motifs simples :

– J'ai voulu suivre les traces de mon parrain, Signore. De plus, le Sopracomito Foscarini se faisait du souci quant à ses propriétés de Famagouste. Je me suis donc proposé pour être son homme d'affaires.

– Ah. C'est honorable. Mais vous avez quitté Padoue...

– Rien ne m'y retenait, Messer. Et la mort de mon père...

– Bien sûr, bien sûr. Ah ! Folie de la jeunesse.

– Folie du hasard, Signore. Secret de la Fortuna, celle qui fait rêver tout le monde, à Venise, celle qui m'a mis en votre présence, répondit Pietro avec insouciance en faisant virevolter la bourse du médecin Bardolo. Cette explication sembla suffire à Pisani. Pietro avait des réponses toutes prêtes en cas d'inquisition trop poussée et il vit bien que le marchand, en secouant la tête d'un air paternel et réprobateur, se promettait de mettre de l'ordre dans cette magnifique tête folle.

Quelques jours plus tard, le convoi arrivait en vue de l'île de Corfou. Du haut de la rambarde, tombait la voix mélodieuse de Stefano Pisani :

– Corfou, mes amis, la perle de nos colonies, la gardienne de notre mer vénitienne. Le jour où nous perdons Corfou, nous ne sommes plus qu'une ville d'Italie, ce qu'à Dieu ne plaise.

Le rocher bicéphale se précisait à l'horizon et les murs de la citadelle se détachaient lentement du ciel limpide. Quelques heures encore, et Pisani, toujours paré de sa belle assurance royale, traçait son chemin à travers les ruelles encombrées qui conduisaient au marché. Pour arriver à le suivre, Pietro dut plus d'une fois se jeter de côté pour éviter des charrettes à bras déboulant couvertes de monceaux de pastèques, de fourrage, de tonneaux, de sacs de farine.

– Messer Aurelio, je vous présenterai au médecin. Mais avant cela, nous irons acheter du sel. Ouvrez bien vos yeux et vos oreilles : le commerce du sel –comme celui des épices– est ce qui fait la fortune de notre République. Vous ne pouvez donc rester dans l'ignorance des arcanes de ce négoce. Apprenez déjà que le sel ne se mesure pas au poids, mais au mozzetto, un seau évasé d'une capacité imposée par l'État et d'un poids tel qu'un homme adulte peut le soulever toute la journée, sans débauche d'effort. Dès lors, tout l'art de la mesure est dans la façon de remplir le mozzetto. Et tout d'abord, exigez que le commis du saunier vous présente en face la mesure vide, afin de vous assurer qu'elle est propre et non remplie de boue ou d'une croûte qui en diminue la capacité. Les fraudeurs sont hélas si nombreux !

Le marchand traversait en ligne droite l'animation de la place du marché, s'engageait sans hésiter dans une des ruelles voisines, un boyau à la tristesse d'entrepôt, poussa la porte d'un négociant. Pietro ne comprit pas tout de leur discussion d'où sortaient des termes d'un vocabulaire inconnu de lui et qui semblaient déboucher sur des variations de prix. L'accord sitôt intervenu, Pietro suivit docilement son mentor vers le magasin. Il s'attendait à voir, comme à Zara, le sel gicler sauvagement. Il fallait s'éloigner si on ne voulait pas en avoir dans les chaussures. Puis, la mesure remplie, ils tasseraient avec la pelle et rempliraient rondement les sacs qui s'entasseraient sur la charrette. Or ici, il s'étonna de voir le saunier introduire dans le récipient deux pièces de bois croisées au sommet d'une broche qui plongeait verticalement vers le fond du seau. De sa pelle, le commis lançait le sel sur cet appareil, avec un joli geste tourné du poignet.

– Voyez-vous comme ils font ? dit joyeusement Pisani. Quand ils jettent de cette façon le sel sur cette broche, les grains se tassent d'eux-mêmes dans la mesure. Et quand ils retireront la broche, la mesure sera plus lourde qu'à Zara. N'est-ce pas astucieux ?

– C'est étonnant, mais je ne vois pas l'intérêt de telles complications.

– Mon jeune ami, chaque ville a ses mœurs, ses patrons, ses églises, ses fêtes et sa façon de mesurer le sel. Venise leur impose le mozetto, mais il y a mille façons de remplir le mozetto pour y mettre le plus possible de poids de sel : en tassant, en secouant, en ajoutant une rehausse ou le contenu d'une main…

– Je suppose que vous savez à peu près à quelles variations de poids correspondent ces différentes façons de remplir une mesure.

– Cela va sans dire. Mais quoi qu'il en soit, poursuivit le marchand en lui saisissant paternellement le bras, comme chaque fois qu'il confiait un de ses secrets, sachez qu'une mesure est une mesure. L'État compte ses taxes par mesure. On peut acheter en mettant la broche et vendre en remplissant le seau au moyen d'une petite pelle crantée qui vous fait tomber le sel comme une pluie de printemps. C'est ainsi que l'on vend depuis toujours aux Morlaques, aux Grecs, aux Turcs…

Pisani en parlant, amplifiait les gestes des sauniers, semblait s'amuser beaucoup de l'air perplexe de son élève, à moins que ce soit des bons tours que les Vénitiens jouaient aux Morlaques, aux Grecs, aux Turcs et à tous ceux qui leur achetaient le sel en payant les taxes. Devant eux, les mesures se remplissaient, les sacs s'entassaient sur la charrette. Pisani savait parler tout en comptant les sacs qui passaient.

– Et la différence de poids est-elle importante ?

– Sensiblement. Le mozetto peut passer ainsi de 76 livres quand nous l'achetons, à 68 quand nous le vendons.

– Différence : huit livres ! Cela revient à dire que pour dix mesures achetées, vous en vendez onze !

– Parfaitement, Messer Aurelio, dit Pisani avec un large sourire. De quoi voudriez-vous donc qu'on vive ?

Pietro suivait les pas de Pisani avec une délectation grandissante. Dans le sillage de cet homme, la vie prenait une tournure nouvelle, passionnante. Lorsqu'il se retrouvait, pour la nuit, solitaire dans la chambre d'auberge qu'il préférait à la couchette de l'entrepont, Pietro faisait le compte des découvertes du jour, comparait sa vie de marin marchand à celle de l'étudiant. Cela ne faisait que trois mois qu'il avait quitté Padoue ; cela lui parut trois ans. La succession rapide de ses expériences le laissait étourdi. Il se prit à considérer que chaque négociation commerciale ressemblait à une partie d'escrime, chaque denrée une position à prendre, chaque marché un champ de bataille. On n'y risque pas sa vie, on y engrange la richesse. Mais la richesse, pour qui en a toujours joui, est une notion abstraite. Un peu comme la vie, d'ailleurs. Car Pietro était à l'âge et dans la situation de ne pas craindre de perdre l'une ou l'autre. Toutefois, se disait-il, la richesse ne vaut pas le panache de l'exploit guerrier. Si bien que, quoique passionné pour le jeu du commerce, il envisageait sans regret de remonter à bord de la galère, où il endosserait à nouveau avec fierté l'habit militaire. Enfin, dans le silence de la chambre et le moelleux de la couche, il redevenait le jeune homme de dix-sept ans, curieux, impatient, insatiable, plein de soif et de sève. Il souriait aux filles du médecin de Zara, à l'aînée qui savait déjà comment regarder les hommes ; il revit la taille fine de la cadette, penchée sur les gravures de mode. Comme il aurait aimé faire virevolter ce jupon léger tendu sur sa petite croupe ronde, lui mordre le cou tout en lui fouillant le corsage, comme il le faisait à Simonetta, sa logeuse de Padoue !

Justement, la veille au soir, Pisani lui avait lancé :

– Demain matin, vous êtes libre, mon jeune ami. J'ai à faire au comptoir familial. Je viendrai vous chercher après méridienne. Profitez-en donc pour vous promener, ou plutôt pour écrire à ceux qui se languissent de vous à Venise.

Comme Pietro n'avait pas répondu instantanément, Pisani avait enchaîné :

– Ah ! Jeunesse ! Elle se jette dans l'aventure et oublie ceux qui attendent devant le foyer domestique. En tout cas, je vous déconseille le bordel : les filles y ont le mal français.

La décision de Pietro avait donc été sage : il avait dîné avec ses collègues, était allé se coucher, avait fait l'amour en pensée avec Simonetta, et il prit la plume le lendemain matin pour lui écrire. Ce fut en effet sur Simonetta qu'il s'exerça à décrire ses impressions de voyageur. Simonetta, décidément, était son terrain d'exercice. Il en savait à la jeune femme un gré infini. Sitôt écrites les trois pages qu'il destinait à sa maîtresse de Padoue, il en relut quelques passages où il se jugea un peu fanfaron de s'être ainsi donné le beau rôle. Mais Simonetta aimerait. Par ailleurs, il compensait ces menus mensonges par des paroles tendres qui, elles, étaient sincères.

Après avoir plié, cacheté sa lettre à Simonetta, il s'apprêtait à rédiger la lettre à sa mère. Il se la représentait, assise sur le divan de la bibliothèque. Faisait-on déjà du feu, dans les cheminées de Venise ? Ou bien était-elle à Casale, sous les couleurs de l'automne ? Quand elle recevrait la lettre, les dernières roses seraient en train de mourir. Remuant ces images, il se caressait le menton de la plume. Les barbilles crissaient sur sa barbe naissante. Et Flora, sa tendre petite sœur, où en était Flora, de ses amours avec son prince lointain ? Que faisait son oncle Vincenzo, Antonina... Tonina : il avait toujours au fond d'une poche le ruban gouge qu'elle lui avait confié lors du dernier bal. Les yeux noirs de la jeune fille le regardaient en face : « Un jour, tu seras à moi ». Pietro sourit. C'était sans doute cette phrase définitive, prononcée les derniers jours de bonheur qui lui avait inspiré son serment à lui, le premier jour de son voyage : « Un jour, je me servirai le premier ». Nous devons nous ressembler, conclut-il. Et, revenant à l'image de sa mère, il trempa sa plume dans l'encrier.

15 : FORTUNE DE MER

Le convoi se remit en route un matin à l'aube. A
la sortie du golfe adriatique, le vent de ponant gonfla
encore les voiles et poussa les galères en deux jours
à Zante, autre terre vénitienne. On entra dans le port
bien abrité de l'île, où on refit l'aiguade, les
provisions de vin, d'huile, de biscuit, de fèves et de
viande séchée : l'étape suivante serait longue,
jusqu'à Cerigo. Pietro, trop heureux d'avoir encore
vendu des livres de science au médecin et au notaire,
des broderies à leurs épouses, avait assisté à la vente
des rouleaux de drap de Bergame, de Venise et de
Vicence. Le convoi avait quitté Zante au lever du
jour, doublé le cap Catacolo, faisait route presque
plein sud, longeant de loin une immense plage
tranquille d'où parvenait, par intermittence, porté par
l'eau, l'appel d'un muezzin.

Le repas de méridienne s'annonçait comme à
l'ordinaire avec sa lente cérémonie et sa prière

psalmodiée par le chapelain. Mais ce jour-là, après son « amen » de soulagement, le Capitanio grogna une petite phrase :

– Le Podestat de Zante m'a signalé que la flotte ottomane manœuvre vers sa base de Preveza.

– Pressons-nous de gagner Cerigo et La Crète, murmura le Patrono.

– Il n'y a aucun danger, Messer, intervint le chapelain. Nous sommes en paix. Les Turcs font la police dans ces eaux autant que nous.

– C'est vrai, Padre, rétorqua le Patrono, mais vous savez aussi que par mesure de prudence et pour éviter tout incident, nos navires de guerre qui nous protègent se replient alors dans le golfe, jusqu'à Lesina.

– C'est une mesure de sagesse, approuve le prêtre, un accident est si vite arrivé.

– Malheureusement, les Turcs ne font pas aussi soigneusement que nous la chasse aux corsaires levantins. Mais enfin, nous sommes trois galéasses bien armées, ce qui tient ces bandits en respect.

– C'est d'ailleurs pour cela que nous nous mettons en convoi, renchérit Stefano Pisani. Seuls, ils nous attaqueraient à plusieurs fustes. A trois, nous ne risquons rien.

Pietro entendait, s'instruisait. Il commençait à s'habituer au rythme des journées, trouvait une manière de tuer l'ennui tantôt auprès de Stefano Pisani, tantôt auprès du Scrivan auxquels il arrachait subtilement quelques-uns de leurs secrets. Il acceptait les parties de cartes avec ses collègues, jouait rarement aux dés. Le Capitanio et Garzon se désintéressaient superbement de son existence. Quant au Patrono, il passait son temps dans ses livres ou rédigeait des mémoires qu'il envoyait par la frégate à ses collègues des autres galées.

Vers la fin de l'après-midi du lendemain, le vent tomba. Le coucher de soleil fut somptueux, étageant des couleurs de feu qui firent froncer le sourcil au navigateur. Puis il sembla qu'on approchait d'une île montagneuse ou plutôt d'un continent aux reliefs escarpés.

– Ce ne sont pas des montagnes, ce sont des nuages, murmura quelqu'un sur l'espale.

Dans la nuit, on fut réveillé par des voix criant des ordres, des pas précipités claquant sur les planches, le clapot furieux des vagues impétueuses qui venaient se briser sous la coque.

Le garbin s'était levé. C'était un vent tiède mais qui soufflait en rafales. La mer commença à se rider. Au petit jour, la longue houle était hachée de vagues courtes dont le vent rageur arrachait les crêtes chargées d'écume. La pluie cinglait le pont où les marchandises précieuses avaient été enroulées dans des toiles huilées. Les rames avaient été ramenées, on avait essayé de déployer la tente, mais le vent venait d'en arracher des points d'amarrage. L'antenne et sa voile gisaient sur la coursie : il fallait donner du poids au bateau, le rendre le plus bas sur l'eau qu'il fût possible. Autour de l'arbre de mestre, plusieurs piques et hallebardes aux pointes de fer étaient liées par des chaînes traînant dans la mer : elles attireraient sur elles les feux du ciel, qui ne manqueraient pas d'apparaître. On avait vérifié l'arrimage des marchandises dans les cales et celui des œuvres vives, en particulier les chaînes des canons : combien de fois n'avait-on pas vu ces monstres de bronze rompre leurs amarres et faire sur leur trajectoire des ravages, des blessés et même des morts ! Les trois galères avaient allumé leurs fanaux avant de s'éloigner les unes des autres pour éviter de se heurter parmi les lames, lorsqu'elles seraient devenues difficiles à manœuvrer. Soldats, matelots, galeotti, engoncés dans leurs toiles huilées, faisaient le gros dos sous la pluie cinglante. Comme il est mauvais de laisser l'esprit inoccupé pendant les tempêtes, le chapelain se laissait inonder par l'eau du ciel, et, du haut du château arrière, psalmodiait et chantait des prières, les mêmes qui se trouvaient écrites dans les pages du livre du pilote. Pendant toute la journée et une partie de la nuit, la galéasse fut le jouet des vagues, radeau dansant, se soulevant monstrueusement de l'avant, plongeant du haut d'une montagne à la pente vertigineuse. Le timonier tentait de garder un cap mais on entendait le bois des ais craquer sous la poussée de la mer. Certaines vagues venaient se briser sous la coque avec un bruit de canonnade. Brisées, fragmentées, elles balayaient horizontalement le pont à la manière des projectiles lancés par des pierriers. C'était une gifle de gouttes, froides, acérée comme des glaçons, un crachat de mer, violent, furieux, cinglant avec rage en plein visage, coupant la vue et le souffle. D'autres fois, des paquets d'eau s'écrasaient sur la proue et les couroirs, emportant tout sur leur passage, s'engouffraient dans la fosse de la chiourme. Les pompes étaient actionnées en permanence. Quand les éclairs se mirent à zébrer le ciel, la vaste rumeur des prières accompagna le mugissement des flots et le sifflement du vent dans les haubans.

Sous l'orage, les rafales se firent plus furieuses encore. Il semblait que la mer montât à la rencontre du ciel qui s'écroulait sur le bateau avec un fracas d'enfer. On s'accrochait à tout ce qui tenait à l'embarcation, on s'agrippait les uns aux autres, on se signait. Capitaine et officiers de commerce se tenaient à l'intérieur des chambres. Ballottés, cherchant leur équilibre, ils regardaient à travers les fenêtres suintant de pluie et de vapeur grise la danse erratique de l'horizon. Un craquement sinistre suivi d'un cri monta de la fosse du gouvernail. Il s'en suivit une cavalcade de pas précipités. Un homme s'aventura sur le couronnement mais le charpentier ne pouvait rien faire dans cette houle et la galère devint un bouchon soumis aux poussées des courants.

– Par bonheur, nous sommes loin de la côte, avait déclaré le pilote. Mais il nous faudra trouver un port pour réparer les avaries.

Le vent tomba dans la nuit. Restait la houle et un horizon bouché. On sonna de la cornemuse pour se faire entendre des autres galéasses mais les appels de la Zustiniana ne trouvèrent ni réponse ni écho. Où se trouvait-on ? Un jour incertain se leva sur une mer grise qui se calmait peu à peu mais n'offrait aucun point où accrocher le regard : la brume omniprésente enfermait le bateau dans une gangue floconneuse, opaque et silencieuse. On commença par vérifier le matériel : ranger ce qui avait été déplacé dans les cales, la cuisine, le pont, les chambres. Faire le compte des avaries : outre le gouvernail brisé, des pièces de drap avaient été mouillées, ainsi que des sacs de vivres et deux tonneaux de poudre. On distribua les rations de vin et de biscuit puis l'antenne fut hissée mais l'étendard lui-même ne prenait aucun vent et la voile resta enroulée à sa poutre.

Le pilote se mit à sa table. Il avait dérivé pendant près de vingt-quatre heures sous le garbin qui souffle du sud-ouest. Même sans voiles, il avait dû dériver vers la terre. Ses calculs lui donnèrent une position théorique qui le fit décider de mettre le cap plein est pour rejoindre un point de la côte. Dès qu'il apercevrait celle-ci, il la reconnaîtrait et se dirigerait vers Zante où il trouverait à l'arsenal de quoi réparer l'avarie du gouvernail. Il fit sonner la mise en route et surveilla le sillage afin de s'assurer que la chiourme, en contrôlant son effort, maintiendrait le navire dans son cap. C'est alors que la Zustiniana sortit de la nappe de brouillard et qu'on vit à l'horizon deux points noirs qui se rapprochaient rapidement.

16 : LE COMBAT

La lourde galéasse progressait toujours sous l'impulsion de ses cent cinquante rameurs. La sonnerie de cornemuse ne reçut à nouveau aucune réponse. L'œil exercé du comite crut distinguer deux embarcations de faible tonnage qui se suivaient à peu de distance. Il avait raison : c'étaient deux fustes manœuvrées chacune par leurs quarante-huit rameurs, sans étendard ni pavillon. Il ne pouvait s'agir que de pirates barbaresques. Manœuvrer aux seules rames pour retourner dans le brouillard eût pris trop de temps et d'ailleurs, ils étaient repérés. Il fallait donc se préparer au combat. On commença par assujettir les pavois tout le long des couroirs. Ces boucliers de bois et de cuir protégeraient au moins la chiourme sans armes et permettraient aux arbalétriers de s'abriter des tirs ennemis. On ouvrit la chambre du Capitanio où se trouvaient les arquebuses et les arbalètes que l'on distribua. On sortit les hallebardes ; les militaires revêtirent leurs casaques de buffle, leurs armures, sur lesquelles ils accrochèrent leurs épées et leurs dagues. Les canonniers filèrent à leur poste, entassant barils de poudre et boulets ; on arma les pierriers et on attendit.

Les fustes s'approchaient à vive allure. Depuis la Zustiniana, on distinguait à leur proue plusieurs hommes coiffés de foulards ou bandeaux dans les cheveux, des coutelas passés à la ceinture et dans les mains, des grappins tout préparés.

— Deux fustes de plus de soixante hommes chacune, tous aguerris aux combats en mer, avait murmuré le Scrivan en les voyant approcher. Ils ont jugé qu'ils ont une chance de s'emparer d'une lourde galéasse marchande.

Antonio Memo s'était alourdi, lui, d'un plastron de fer, d'un casque et d'un ceinturon auquel pendaient deux épées impressionnantes. Mais cette surenchère martiale ne masquait pas que ses bras étaient habitués à manier la plume.

— Nous sommes plus nombreux qu'eux fit remarquer Pietro.

— Certes. Mais notre chiourme n'est pas faite pour se battre. En nombre de combattants, nous sommes à égalité. Sur une surface plus vaste, donc plus difficile à défendre, et tellement plus lourde.

— Que comptent-ils faire ?

— Dès qu'ils seront maîtres du navire, ils captureront la chiourme et tous les hommes valides qui se vendent cent écus sur le marché aux esclaves, ils tueront les marchands et les vieux qui ne valent rien : ils s'encombrent rarement de demandes de rançon. Et ils s'empareront simplement de la cargaison.

Cette réponse avait la clarté des écritures marchandes, mais chacun était bien conscient que la confusion qui s'annonçait risquait fort de rendre les écritures marchandes bien dérisoires et aurait un effet plus dévastateur que la tempête à laquelle ils venaient d'échapper.

Évitant soigneusement de se mettre à portée de tir des canons de proue et de poupe de la Zustiniana, les deux fustes attaquaient de flanc. Le Capitanio, chef de guerre en cas d'attaque, dirigeait la manœuvre depuis son poste de commandement. Il ordonna aux balestieri, soldats et servants de sagres de défendre les flancs, tandis qu'il commandait aux rameurs d'exécuter un mouvement tournant. Il espérait ainsi paralyser l'adversaire par une pluie d'arquebusades et amener les fustes dans l'angle de tir de ses canons et couleuvrines.

Pietro avait chargé son arme. Il visa un homme de première ligne appuyé aux filarets de sa fuste et qui s'apprêtait à faire feu. L'homme fit un bond en arrière, désarticulé comme un pantin tombé de sa ficelle. Sur la Zustiniana, le vacarme des armes à feu était assourdissant, car on se battait sur les deux bords. Aux tirs vénitiens répondaient ceux des pirates qui s'encourageaient par des clameurs sauvages et des injures poussées à pleine gorge. A deux pas de Pietro, sous l'espale, un homme tomba. Pietro, abrité, occupé à recharger son arquebuse, ne vit pas le galeotto se précipiter pour dégager l'arme, l'écouvillon et la poire à poudre du blessé. Pietro travaillait posément, à gestes mesurés. Le monde autour de lui avait disparu. Il n'entendait ni les cris, ni le sifflement des balles qui passaient au-dessus de sa tête ou se fichaient dans le bois de la coque avec un claquement sec. Seules existaient à quelque distance des cibles mortelles qu'il fallait à tout prix détruire et il mettait toute son habileté, toute sa maîtrise à les anéantir une à une. Il visa, tira. Un homme se plia en deux comme un livre qu'on ferme. Pietro se remit à couvert pour recharger. Mais une main lui retira son arme et lui en tendait une autre, bassinet fermé, mèche allumée, prête à l'emploi. Sans hésiter, il s'en saisit, la pointa entre deux pavois, visa une silhouette à turban qui se dressait au milieu de l'étroite espale de la fuste. Le coup partit. Le turban disparut derrière les épaules qui lui faisaient comme un rempart. Sur la fuste, se produisit comme une confusion mais les mariniers de l'avant hurlaient toujours, grappin en mains, tentaient d'approcher sous la grêle des balles et des carreaux d'arbalète.

— Continue, Seigneurie !

C'était la voix d'Obrad qui lui parvenait au milieu des clameurs environnantes. Il les entendit un instant, assourdissantes, étourdissantes. Qui hurlait le plus, des Vénitiens ou des pirates ? Levant les yeux, il croisa le regard farouche et honnête d'Obrad :

— Prends !

Pietro saisit l'arme des deux mains. Un instant plus tard, un autre canonnier de la fuste bascula dans l'eau grise. Puis ce fut le tour d'un de ceux qui maniaient les grappins. La mer bouillonnait entre les deux embarcations. La fuste roulait d'un bord sur l'autre, son équipage massé, accroché à l'apostis, autant de cibles rassemblées mais mouvantes. Anticipe le mouvement du canard, Pietro. Ce sont des faisans, Pàre : leur envol est vertical. Il avait plusieurs fois déjà reçu d'Obrad une arme chargée, brûlante encore des feux précédents. Il était environné d'un brouillard de fumée âcre, il ne voyait rien, rien que la fente, pas plus large qu'une meurtrière, entre les deux pavois et derrière laquelle grouillaient des hommes menaçants. Il n'entendait pas les détonations qui éclataient, venant de l'autre bord du navire, ni les cris de rage, ni les hurlements de douleur, ni les insultes, ni les ordres. Cependant, en face, on avait compris d'où venaient ces tirs précis. Pietro venait de faire s'effondrer un autre enturbanné, bien placé sur le poste arrière, lorsque le pavois qui le protégeait vola en éclats et qu'une esquille de bois vint se planter dans sa manche, s'enfonçant cruellement dans sa chair. Un autre projectile lui déchira le font et il se jeta de côté tandis qu'au cri venu de la fuste, celle-ci se mit à reculer à force de rames.

Pietro saignait abondamment. Son bras lui faisait mal, le sang lui coulait sur les yeux, engluait ses paupières. Dans son secteur, l'arquebusade avait cessé, la fuste avait disparu de son champ de vision. On entamait sans doute une autre phase du combat et cela se passait sur l'autre bord du navire, derrière la poupe et plus loin, du côté de la proue. C'est par la plage de proue que se font généralement les abordages. Les pirates s'accrochent généralement à la conille, grimpent sur l'éperon, se précipitent le long de la coursie. Pietro se leva pour les attendre, dégaina son épée. Il grimaça de douleur en s'emparant de sa dague pour armer son bras blessé, essuya le sang qui l'aveuglait. Un cri tomba du haut du château arrière. Les rames cessèrent de labourer la mer. Soudain, une détonation formidable fit frémir le navire. On avait donné du canon de proue ou alors, c'était la proue de la Zustiniana qui avait explosé. Le voile de fumée était si dense, le vacarme si assourdissant, qu'on perdait la notion du temps, que l'espace s'estompait. Dans la fosse de la chiourme, les rangs de nageurs semblaient en bon ordre mais il manquait des têtes. Le long des couroirs aussi, des corps étaient étendus. Pietro, étourdi, les oreilles bourdonnantes, se serait cru dans un songe. Une nouvelle clameur énorme s'éleva, suivie d'un silence soudain. Son bras gauche pesait lourd. Une coulée chaude se répandait dans sa manche. Appuyé à une batayole, il s'attendait à voir surgir devant lui les corsaires armés de cimeterres, des mines féroces, des yeux exorbités, des visages grimaçants, une dague entre les dents. De son bras valide, il leva son épée.

Le cri partit de l'avant, se répandit dans le corps du navire, fut répété aussitôt sur le château arrière. C'était encore un de ces hurlements de possédés, de terreur ou d'angoisse, inarticulés, semblait-il, une sorte de clameur animale sortie des enfers. Les planches avaient frémi sous ses pieds, tout le corps énorme de la galéasse avait titubé, chancelant sur une vague qui semblait le soulever dans un mouvement furieux. Pietro perdit l'équilibre, se heurta aux restes du pavois qui le retinrent dans sa chute et l'empêchèrent d'être précipité dans l'eau. Il s'écroula dans son propre sang.

17 : LE RÉVEIL

Un coin de ciel bleu apparaissait par l'écoutille entrouverte. Un petit nuage venait s'y placer selon un rythme régulier et il fallut un long moment à Pietro pour faire le rapport entre ce rythme lent et celui d'une houle marine. Un sifflement dans ses oreilles l'empêchait de percevoir le long chuintement de la rame auquel elles s'étaient habituées mais le clapot incessant sur la coque indiquait que le taillemer fendait la vague. Il lui fallut un long moment pour remonter, parmi les brumes de son réveil, de quelque trou du temps. Il y avait eu cette explosion, suivie de ce cri furieux, puis cette glissade. Il tenta de remuer. Il avait dû se cogner la tête, se fracasser le bras : sa tête lui faisait mal, son front était ceint d'un linge, son bras entravé. Et le petit nuage allait et venait derrière une écoutille inconnue. Il rassembla ses énergies et, au prix d'une montée de douleur dans son crâne, réussit à rugir :

– Il y a quelqu'un ?

Bientôt, la tête du médecin barbier prit la place du petit nuage de l'écoutille.

– Vous voilà réveillé, Messer Aurelio. Comment vous sentez-vous ?

Pietro en conclut qu'il n'était pas mort, entreposé dans quelques limbes des marins d'où on entrevoyait le ciel sans atteindre sa lumière. Ce visage ami qui se penchait vers lui sans angoisse et les mouvements de la vie qui semblaient l'habiter encore achevèrent de le rassurer.

– Que s'est-il passé ?

– Blessure à la tête. Je vous ai fait administrer un cordial de première force. Réveillez-vous sans hâte.

Prudemment, Pietro fit jouer son cou, put tourner la tête sans effort. Ils étaient plusieurs autour de lui, garnis de bandelettes, assis par terre ou sur des coffres, dans le tolar. A l'exception de sa tête et de son bras gauche entravé, ses membres n'étaient pas douloureux, ses jambes étaient libres.

– Que s'est-il passé ?

– Quand la deuxième fuste s'est retrouvée seule, elle a fait demi-tour, Messer Aurelio.

– La deuxième ? Et la première ?

– Coulée par notre canon de proue. Vous avez dû entendre la détonation.

– Et ce grand cri…

– « San Marco » ? Dans la marine, c'est le cri de ralliement, de guerre ou de victoire. On l'a poussé quand la fuste amirale a été touchée. Vous y avez été pour quelque chose, ils ont manœuvré comme des singes après que vous leur ayez tué leur capitaine et leur pilote. Nous en avons repêché quelques-uns que nous avons mis à la rame pour remplacer nos blessés. Enfin, quand le brouillard s'est levé tout à fait, nous avons aperçu nos deux autres galées qui se dirigeaient vers nous au son du canon.

Pietro percevait à présent autour de lui des froissements, des murmures, des plaintes, des présences. Le médecin lui tâta le front ainsi que le bras entravé.

— Les projectiles les plus à craindre, sur nos bateaux, ce sont les morceaux de bois arrachés. Cela fait de très vilaines blessures. Heureusement, vous avez été protégé par votre pourpoint de cuir et sa doublure épaisse. L'os n'est pas atteint et le muscle se refera vite. C'est l'avantage d'être jeune et vigoureux. Quant à la blessure de votre front, elle est peu profonde mais le front saigne toujours abondamment.

— Avons-nous eu des pertes, Signor Dottore ?

— Hélas ! Deux arbalétriers de couroir et un galeotto. Requiescant in pace.

— Un vogue avant ?

Il y avait de l'angoisse dans la voix de Pietro.

— Je ne sais.

— Un dalmate ?

— Ils sont tous dalmates.

Pietro fouillait sa mémoire, se désolait de n'avoir pas fait attention à Obrad après que le pavois ait volé en éclats. Il voulut se lever précipitamment, se diriger vers l'échelle posée dans l'écoutille.

— Eh ! Doucement, dit le médecin en le voyant si pressé. N'oubliez pas que vous avez saigné ! Vous pouvez marcher, mais tenez-vous bien à la rampe. Il y a de la houle. Évitez surtout de tomber.

Pietro émergea sur la coursie parmi les ballots et les tonneaux. Ébloui par la grande lumière, il dut plisser les yeux. La galère avançait à belle allure, toute la chiourme étant au travail. Le convoi s'était reformé et progressait sur une mer bleue qui respirait lentement au rythme d'une longue houle. Il s'arrêta un instant, étourdi. Une silhouette s'avançait vers lui.

– Messer Aurelio, sans mentir, c'est vous qui les avez mis en fuite !

Marco Polani lui tendait la main et Pietro fut bien heureux de la lui saisir, car il se sentait le pied hésitant. Cela ne l'empêcha pas de se presser avec lenteur vers la poupe. Sur le banc d'espale, il vit l'épaule du premier de nage. Il s'avança encore pour voir le nageur de face, prit le temps de s'arrêter pour capter le regard de celui dont il avait aperçu le dos. Polani s'étonna d'entendre Aurelio prononcer lentement :

– Obrad. Merci, Obrad.

Le galeotto ne répondit pas. Il arborait un sourire énigmatique qui donnait une curieuse asymétrie à sa moustache. Pietro monta les quelques marches qui débouchaient sur la plate-forme. Au même moment, le Capitanio faisait sonner la cloche :

– Signori, à table !

Toujours escorté de Polani qui s'était emparé de son bras valide, Pietro passa devant Vettor Zustinian. Dans la chambre du Capitanio, les hommes présents commentaient avec animation les événements de la matinée. Mais à l'entrée de Pietro, les conversations se turent. On souriait en le voyant approcher, sanglé dans ses bandages, le pas mal assuré, les yeux sombres au regard un peu las, un peu pâle sous son bandeau blanc autour duquel voletaient ses boucles noires. Et c'est dans ce silence qu'on entendit Zustinian prononcer de sa voix grinçante :

– Messer Aurelio, prenez la place à côté de notre médecin, qui ne tardera pas à nous rejoindre.

– Merci, Capitanio, s'entendit-il répondre. La manœuvre était belle. Vous nous avez sauvés.

– Nous avons tous fait notre devoir, Messer Aurelio. Et Dieu nous a protégés.

On ne pouvait pas être plus laconique que Vettor Zustinian. Ni plus humble dans sa sévère majesté. Pietro lui fit l'hommage d'un salut appuyé, mais ne put s'empêcher d'ajouter :

– Quant à moi, j'ai été servi par un galeotto qui avait eu l'idée de recharger une autre arme pendant que je tirais. Celui-là a fait plus que son devoir.

– Je le sais, Messer. J'ai fait porter une gratification pour lui, sur mes livres. Voilà qui devrait calmer vos scrupules. Allez donc prendre place.

Pietro obtempéra en souriant. Dès ce moment, le ton revêche du capitaine cessa de l'impressionner parce qu'il l'entendait soudain sonner creux comme une carapace. Et il ne pouvait reprocher au Capitanio de se vêtir d'une carapace à l'instant même où il propulsait un cittadino, fils du Chancelier destitué, au premier rang des nobles balestieri della poppa.

18 : ARRIVÉE À MODON

Quand la ligne bleue qui se profila à l'horizon s'épaissit pour former le profil d'une côte, le pilote et ses lieutenants montèrent sur le château arrière dans l'espoir de reconnaître l'endroit où le convoi retrouvait le continent. Les avis étaient partagés, les discussions nombreuses. Le ciel nébuleux de la nuit n'avait permis de faire aucun point. Une barre rocheuse avançait lentement ; la lumière vive lui donnait une continuité de muraille de citadelle ; trompeuse, elle entretenait l'illusion, et le pilote ne disait rien. Le soleil, en passant au sud, révéla lentement des ombres, peut-être des golfes ou des passes. Passant l'index sur des colonnes de chiffres, le pilote refaisait ses calculs : 24 heures de dérive, vent de ponant, quart sud mais sans voiles, la galère basse sur l'eau n'avait pas dû dériver beaucoup. Et ses yeux pâles se plissaient à nouveau vers la barre rocheuse qui, de minute en minute s'effritait vers la droite en une succession de pointillés soulignés chacun d'une frange laiteuse.

– Sphagia, décréta-t-il enfin. Derrière l'amas rocheux se trouve une baie magnifiquement abritée et la cité de Pylos.

Un silence suivit cette découverte. On supposait avoir été repoussé vers Zante, pays Vénitien, accueillant et familier, où on pourrait réparer sans problème les dommages et refaire les vivres. Mais si l'on était à Sphagia, Zante se trouvait à deux journées de nage au nord, obligerait donc à revenir en arrière et, si le vent dominant se rétablissait, il faudrait nager contre le vent mestre. Quant à Pylos, si sa baie avait la tranquillité d'un lac, la ville n'était qu'une bourgade de pêcheurs grecs sous domination ottomane, comme toute la côte. Il n'y avait aucun intérêt à s'abriter à Pylos. Par contre, à quelques heures de nage vers le sud, se trouvait le port important et l'arsenal magnifique de Modon. Modon, perle sur la route de la Terre Sainte et des échelles du Levant, vénitienne jusqu'à la guerre désastreuse, trente ans plus tôt, qui l'avait livrée aux Turcs. Chacun connaissait le fortin dressé à l'extrémité du cap. Zustinian enrageait de savoir que la prière musulmane se récitait cinq fois par jour dans les murs impressionnants de la citadelle commandée jadis par ses pères. Mais les hommes de commerce y voyaient l'avantage de progresser sur leur chemin vers le Levant et les marins celui de gagner du temps sur la mauvaise saison.

Deux avis opposés s'étant rapidement exprimés, il fut décidé de convoquer un Conseil des Douze, comme il était d'usage dans pareille situation. On envoya donc la frégate quérir sur les autres galéasses les membres désignés de cette institution et l'on vit bientôt se concrétiser à bord de la capitane la puissance des associations d'intérêts privés qui menaient les convois, Vettor Zustinian n'étant qu'invité à donner le point de vue de l'État et tenu de constater que la décision se prendrait dans le respect des règles. Mais comme en finale tout se réduit à des coûts, la voix du commerce réduisit à néant les réticences patriotiques du Capitanio.

Le soir même, la Zustiniana tirait le canon en doublant le fortin de Modon, le convoi abaissa ses antennes, s'arrêta dans la rade et mettait la frégate à l'eau pour emmener le patrono Soranzo et Stefano Pisani demander au capitaine turc l'accès au port.

– Il n'est pas question d'entrer dans un port turc sans ce cérémonial, expliquait le Scrivan à Pietro. Ils nous couleraient bas aussitôt. Toutefois, la réponse peut mettre plusieurs jours à venir.

– Dans ce cas, ne valait-il pas mieux rebrousser chemin sur Zante ?

– Je ne le crois pas. Nos négociants ont des moyens pour accélérer les choses. Quant à notre Capitanio, il ne mettra le nez dehors que lorsque l'hospitalité sera chose acquise.

– Irons-nous à terre ?

– Seuls y seront autorisés les officiers de commerce, les artisans chargés des réparations et les hommes désignés comme portefaix. Peut-être Messer Pisani vous y emmènera-t-il, parce que vous êtes raisonnable. Mais il est certain que les équipages seront consignés à bord.

La frégate revint au déclin du jour, accompagnée, en guise de sonnerie d'honneur, par le chant lancinant du muezzin. Zustinian grimaça en entendant le compte rendu des ambassadeurs.

– Ils disent que le capitaine du port est à la chasse et ne rentrera que demain. Ils nous prient d'attendre où nous sommes l'arrivée de leur frégate.

– Ils mentent, évidemment, déclara Zustinian. Ils doivent faire monter les enchères. Ou alors attendre des nouvelles de certaines fustes qu'ils connaissent bien. Il convient d'organiser des quarts de veille.

Toute la nuit, les trois énormes galéasses bouchèrent l'horizon du port, leurs feux allumés, leur tente dressée pour protéger l'équipage et surtout pour dérober aux yeux des curieux les entassements de richesses qui occupaient les ponts. Au petit matin, un brigantin porta cinq émissaires turcs vers la Capitanio. Ils étaient vêtus et armés comme des janissaires et emportaient avec eux un drogman grec qui semblait descendre de ses montagnes. Après une brève salutation, Zustinian écouta avec hauteur un couplet martial qui le laissa de glace.

– Il dit, traduisit le drogman, que vous avez à votre bord cinq pieux musulmans et fidèles sujets de notre Sultan Ottoman. Il dit que, selon la loi du Prophète (Paix et bénédiction sur lui) et les capitulations signées entre votre État et notre Sublime Porte, ceux qui mettent aux fers les bons musulmans sont punis de pal ou écorchés vifs. Que, dès que vous nous aurez remis ceux que vous avez réduits à l'esclavage, il vous sera permis d'entrer vous amarrer dans notre port, de vous y fournir en tout ce dont vous aurez besoin et notre Sandjakbey vous recevra avec la plus grande sollicitude.

Sur l'espale, Zustinian, pour faire bonne mesure au cérémonial, avait rangé derrière lui comme faisant partie de sa cour personnelle, tous ceux qui avaient accès à sa chambre. Pietro et le Scrivan, côte à côte, observaient la scène.

– Per Dio, comment savent-ils... ? fait Pietro à mi-voix.

– Par la fuste rescapée, qui est revenue. La mer n'est pas aussi vaste qu'on le dit.

Mais ils se turent pour entendre la réponse ferme du Capitanio :

– La mer est vaste, Signore, et le Sultan votre maître ne peut jeter les yeux sur toute l'étendue qu'il nous a promis de surveiller. Nous avons été attaqués par deux fustes pirates qui nous ont tué trois hommes et blessé une grande quantité d'autres. Nous avons capturé cinq de ces assaillants et, selon la coutume et la nécessité de la mer, nous les avons employés à remplacer nos blessés. Puisque vous nous affirmez qu'ils sont musulmans et sujets du Grand Seigneur, nous vous les remettrons, selon les capitulations, afin que vous les livriez à la justice du Sandjakbey.

Pendant que le drogman traduisait, le Capitanio fit un geste, quelques ordres fusèrent, le sous-Comite alla détacher cinq hommes en haillons, l'œil noir luisant d'un irritant sourire de suffisance. A leur passage, ils frôlèrent l'épaule d'Obrad qui se détourna pour réprimer son envie de cracher par terre. Dans le silence, on regarda les cinq hommes monter sur l'espale avant de les voir disparaître le long de l'échelle.

– Salam aleikum ! fit soudain le chef de la délégation ottomane en s'inclinant, la main sur le cœur. Notre Kaptan vous offre le meilleur mouillage, celui qui est le long de la jetée, aux pieds de notre forteresse. Vous y serez sous la bienveillante protection de notre Sandjakbey. Son Excellence le Sandjakbey vous attend d'ailleurs pour partager une collation et vous autorise à vous accompagner de quatre de vos serviteurs. Les chaises viendront vous prendre après la prière al-dhouhr.

Dès qu'ils furent disparus, commencèrent les préparatifs de l'accostage. Le Scrivan était resté sur l'espale.

– Vous m'expliquerez, Messer, qui sont ces pirates dignes de la potence et appelés néanmoins de bons et fidèles sujets du Sultan, dit Pietro outré.

– Vous comprendrez vite, sourit Antonio Memo, que nos relations avec les Turcs ressemblent à ce que vivent les couples mal assortis que lient des intérêts communs. Un jour on se bat, un jour on s'entend, mais on sait qu'on est liés. L'essentiel est de ne jamais faire le coup d'éclat public qui oblige l'un ou l'autre à rompre ses relations parce qu'il aura perdu la face.

– Mais ces soi-disant pirates…

– Ce sont des Levends, voyons. Des troupes irrégulières de la flotte ottomane, marins d'assaut, mi-soldats, mi-pillards. En attente d'une levée, ils ne vont pas cultiver des légumes ; ils font ce qu'ils savent faire : se battre et piller. Le Sultan veut les conserver en tant que soldats, sans avoir à les payer lorsqu'il est en paix. Ces pirates sont une défense à bon compte des côtes ottomanes contre les menaces espagnoles venant des Pouilles.

– Mais nous sommes Vénitiens, pourquoi s'en prennent-ils à nous ? s'indigne Pietro.

– Une proie est toujours bonne à prendre. Nos ambassadeurs et bailes protestent régulièrement à la Porte, exigent des restitutions, des réparations, une meilleure surveillance du respect des capitulations. Ils se voient souvent écoutés… partiellement. Certes, tout cela entretient un climat de méfiance. Cependant, aucun ne veut aller jusqu'à déclencher une guerre.

– Il me semble qu'on m'a dit la même chose pour ce qui concerne les Uscoques et les Habsbourg.

– C'est exactement la même situation. Sauf que les Uscoques ne sont jamais enrôlés dans l'armée et que nos Levends, dans peu de temps, si les événements se précisent, seront conscrits. Et dès lors qu'ils seront soldats soumis à la discipline, ils vous laisseront passer avec des coups de canon pour vous saluer. N'est-ce pas admirable ?

Pietro secouait la tête. Il découvrait le monde de l'incohérence, de la demi-vérité, de la contradiction. Antonio Memo, écrivain de bord, « Pennese » alignant les chiffres, malgré la précision de ses écritures, naviguait avec aisance dans ces eaux-là et son cynisme profond et serein le poussait même à souffler sur le jeune Aurelio un vent contraire :

– Mais vous pouvez comprendre autrement cette situation : notre commerce reste actif, suscite des envies, et vous voyez que, sauf fortune de mer, et même malgré elles, nous ne nous défendons pas si mal.

– Vous parlez pour l'État, Messer, grogna Pietro en montrant son bras blessé. Et vous oubliez les morts que nous venons d'avoir. Moi-même, ne suis pas passé loin...

– Bien sûr, je parlais pour l'État. Je déplore nos trois morts mais songez aux milliers de victimes que ferait une guerre. Si je parlais de vous, je ne dirais pas que vous vous défendez pas mal ; vous le faites même très bien.

Memo s'éloigna en souriant, laissant Pietro à sa fureur devant le peu de cas que semblait faire l'homme de plume du sang qu'il avait versé, de la vie qu'il avait failli perdre, de l'audace héroïque dont il avait fait preuve.

– Pennaccio ! gronda-t-il entre ses dents dans le dos du pennese.

19 : L'HORLOGE HYPOTHÉTIQUE

Le représentant du Sandjakbey de Messinìa en son palais de Modon avait apprécié les cadeaux de ces Vénitiens. Dans leurs rouleaux de soie grège tissée et teintée à Venise, il se ferait tailler des caftans de toute beauté et laisserait les colliers de pierres semi-précieuses à ses femmes. Mais, il appréciait surtout l'horloge qui le faisait monter d'un échelon dans l'échelle sociale. Les Muftis ont beau jeu de rappeler que le temps n'appartient qu'à Dieu et que, par voie de conséquence, seuls les religieux sont en droit de posséder le secret de déceler l'heure exacte du lever du soleil ; ils ont la charge de conserver ce mystère et d'en révéler la grandeur en chantant les heures de prière. Mais tout homme important se doit d'avoir une notion plus exacte du temps. Et si les Muftis ont raison d'interdire les horloges au peuple, en posséder une est un signe de pouvoir. Quant au morceau de chêne que ces

Vénitiens voulaient acheter, il y en avait sûrement à l'arsenal, mais il n'allait pas le leur donner comme ça, sans difficultés. Toutefois, s'étant déjà assez fatigué à les recevoir, le Sandjakbey de Modon avait renvoyé ses hôtes à son intendant, l'Emin, qui achèverait la négociation et en tirerait encore quelque avantage qui lui revenait de droit. Il était tellement facile d'exiger des ducats supplémentaires à ces diables d'infidèles qu'on serait tenté de croire à leur histoire de pains qui n'en finissaient pas de sortir du panier de leur prophète Îsâ.

– Messer Aurelio, dit Stefano Pisani en revenant à bord de la Zustiniana, voulez-vous assister à une palabre ? Nous en avons une très jolie qui s'annonce et si vous n'avez pas peur de perdre patience, je vous invite à me suivre.

Il n'en fallait pas davantage pour propulser une fois de plus Pietro sur les pas de Pisani. Ils s'apprêtèrent donc à partir à trois, Pisani, Pietro, et le charpentier. Mais en arrivant sur le quai, ils furent rejoints pas un Turc qui les attendait et les précéda de sa bedaine.

– C'est un chiaux, expliqua Pisani à ses compagnons. Il sait trois mots de grec, il nous conduira où il a l'autorisation de nous conduire et dormira sur le quai devant la galère pour rester à notre disposition et surtout éviter que nous sortions à la faveur de la nuit. Après tout, nous faisons la même chose à Venise avec les étrangers, n'est-ce pas ? Mais avec plus d'élégance.

L'arsenal se trouvait adossé aux remparts de la citadelle. Ils rencontrèrent dans ces parages une fuste qui semblait au carénage. En fait, on effectuait des réparations au taillemer et on avait démonté l'éperon.

– Intéressant, dit Pisani. Voyez-vous ça ? Ne dirait-on pas nos pirates d'avant-hier ?

– Des corsaires Levends, Messer Pisani. Ce sont eux qui m'ont crevé la peau du front et fendu le bras.

– Le diable les conduise en enfer, proféra le charpentier.

– Ah, vous connaissez ces sortes de gens ! Tenez, soyez poli, en voilà un qui vous salue.

En effet, un grand gaillard maigre était apparu sur le château arrière. Il regardait passer le jeune homme au bras en écharpe et au front bandé. Soudain, le Turc mit la main au front, la déplaça sur le cœur en se courbant avec respect. Le chiaux prit pour lui cet hommage et le lui rendit avec empressement.

– Voilà Demirel Kaptan dit-il, comme s'il présentait un ami intime. C'est l'un de nos meilleurs marins et Demirel veut dire fer, ajouta-t-il pour justifier son affirmation.

– Mais… c'est un de ceux que nous avons libérés ce matin !

– Tout juste, souriait Pisani. Et il n'est même pas ingrat.

Pietro s'était arrêté un instant, interdit. De son bras valide, il fit un grand geste pour s'emparer de son autre main qui pendait au bout de l'écharpe, imita le geste du Turc, gauchement, dans une surenchère de politesse et une maladresse qui soulignaient son handicap.

— Prenez garde de devenir célèbre dans ces eaux, Messer Aurelio. Vous lui avez tué des hommes. Il vous respecte mais s'il vous prend, il ne vous fera pas de quartiers.

En général, Pisani avait l'humour léger. Mais Pietro venait d'entendre là une phrase au son grave qui le laissa pensif. Per Dio ! Ce sont les risques de ce métier, se dit-il. Il ne serait jamais mis à la rame, aucun ambassadeur ou baile n'aurait à réclamer sa libération et il n'y aurait même pas de rançon à payer. Il mourrait en héros, voilà. On le vengerait. Peut-être même sa mort serait-elle l'amorce d'une guerre. Il aurait sa place dans l'Histoire de Venise. Il fut interrompu dans sa représentation héroïque par la voix de Pisani qui avait repris un ton de professeur :

— Aussi, soyez marchand et apprenez à négocier tout ce qui vous tombe sous la main. On a toujours quelque chose à faire valoir. Tenez, nous allons rencontrer l'intendant d'un arsenal qui, paraît-il, n'a pas une seule pièce de chêne dans ses réserves. Que dites-vous de cela ?

— Qu'il ment assurément, répondit Pietro sans hésiter.

— C'est toujours un bon principe de commencer par cette vérité générale, reprend le marchand. Mais comment allez-vous lui faire comprendre que vous n'êtes pas dupe ?

— Eh, Per Dio ! C'est qu'un arsenal sans bois de réserve, on n'a jamais vu ça, affirma le charpentier.

— Je lui laisse croire au contraire que je suis dupe de son mensonge, dit Pietro. Et lui propose en conséquence une solution inacceptable par lui qui l'oblige à se dévoiler.

Pisani rit de bon cœur.

– Ah, Messer Aurelio, si j'osais, je vous laisserais faire. Mais je crois qu'une chose vous a encore échappé. Cet homme, en vous saluant, vous a décidément brouillé la vue.

L'arsenal adossé à la colline était une succession de nefs couvertes de toits à deux pentes. Creusées dans le roc, des caves fermées devaient receler les trésors : rouleaux de tissu dont on fait les voiles, rames, clous, cordages, diverses pièces de cuivre, tonneaux de poix, pièces de bois. L'une d'elles, assurément, contenait les pièces de bois de chêne. Le jeu allait consister à faire ouvrir cette cave-là.

L'Emin de Modon, était un homme jovial qui roulait plutôt qu'il ne marchait. Salam aleïkum ! Il n'était pas non plus avare de sourires et de mains sur le cœur. Il conduisit ses hôtes de l'autre côté des installations portuaires, vers la terrasse de sa maison à l'ombre des pins. On servit des sorbets, Pisani loua le site, la vue sur la mer, sur le fort, la verte campagne dont les oliveraies s'étageaient jusqu'à l'infini, la beauté, la salubrité de la ville, du climat, l'activité du port et l'abondance qui s'étalait dans les échoppes. Cela fit passer la moitié d'une heure. Puis il fut question de la saison, des caprices de la mer ; avez-vous ressenti jusqu'ici ce coup de garbin ? Et l'on tomba d'accord sur l'affirmation que la mer Ionienne réservait parfois des surprises. Construisant sur ce beau consensus, Pisani fit un pas décisif : il raconta le début de la tempesta di mare. Il y mit tant d'expressions diverses que le drogman tournoya comme le vent au milieu de phrases intraduisibles et finit par couper court en deux mots d'une infidélité notoire.

– C'est alors, Signore, que nous rompîmes notre gouvernail.

Dans toutes les abbayes d'Italie, de France, de Navarre, et d'Espagne, on aurait dit trois fois le rosaire durant le temps écoulé. Mais personne n'avait le mauvais goût de mesurer le temps. Quelques phrases furent encore échangées, torturées par une laborieuse traduction, puis l'intendant frappa dans ses mains, fit apparaître un petit valet qui repartit en courant et revint bientôt accompagné d'un homme sec et noiraud, tout droit sorti des caves de son entrepôt. Après un bref échange en turc, l'employé fut renvoyé à ses ténèbres et l'Emin se lissa l'aigrette d'un air satisfait. Pietro se remit à être attentif à ce que disait le drogman :

– Le kapudan de l'arsenal dit qu'il a de belles pièces de bois de sapin de première qualité, qu'il peut te vendre 100 aspres.

– Du sapin ? Jésus-Marie ! Ce n'est pas du bois pour un gouvernail, ça ! s'écria le charpentier.

Ce fut au tour de Pisani à se lisser la barbe. 100 aspres faisaient presque deux ducats, mais même à quatre soldi, il n'avait que faire de sapin. On partit donc dans une autre direction, vers les pentes du mont Taygète ou les profondeurs de l'Arcadie, pays bénis qui, pour Pietro, dégageaient un parfum d'herbes odorantes et de bergères, où Zeus tuait le temps à la chasse aux belles mortelles, le temps n'ayant aucune signification pour lui. Mais le jeune homme revint vite à Modon : il ne s'agissait que de coupes de chêne qui s'acheminaient lentement des profondeurs du Péloponnèse vers Modon, à la lenteur du pas des ânes.

— Si tu veux une pièce de chêne, il faut aller la chercher, et cela te coûtera 400 aspres.

Devant la mine désolée de son hôte, l'Emin fit un geste d'invite.

Le drogman traduisit une phrase qui chantait tellement suave que Pisani l'avait presque comprise :

— Il dit que, le temps que le bois arrive à Modon, tu auras le temps de fouiller les cales de tes galères et de trouver un objet intéressant, par exemple…une horloge…

— Une horloge ! s'écria Pisani mimant la confusion. Certes, je crois bien que j'en transporte une quelque part dans mes cales, mais je la destine à mon cousin de La Canea. Ah, si une horloge pouvait faire courir plus vite l'âne qui transporte le bois de chêne depuis les flancs du Taygète, alors je pourrais la chercher au fond de la cale, et, à supposer que je la trouve, je pourrais te l'envoyer aussitôt par quatre galeotti avec des échelles, qui transporteraient jusqu'à l'arsenal la belle horloge que tout le monde pourrait admirer au passage comme la châsse du Saint Sacrement ! Le drogman n'eut pas à traduire les derniers mots dont le sens d'ailleurs lui échappait et il fut tout heureux d'être interrompu par son Emin :

– Non, non ! Surtout pas ! Tu me causerais des problèmes avec le Mufti qui donne l'heure par la prière. Apporte-la-moi dans la nuit…

Avant même d'être sûr de son existence, on se mit donc d'accord sur la façon dont il convenait de transporter une horloge loin des yeux réprobateurs d'un Mufti. Et l'horloge prit aussitôt la forme d'un objet mythique que l'on n'était pas sûr de posséder tel qu'on la décrivait, mais qui pouvait apparaître à tout instant, avec son coffre doré et ses peintures de paysages qui en ornaient les flancs : une vue de la piazzetta de Venise et du palais du Beylerdoj (ainsi appelait-on, chez les Turcs, le Doge de Venise), pensez-vous ! L'hypothétique propriétaire de cette merveille en salivait déjà lorsque Pisani changea de position sur son banc :

– Vois-tu, je me ferais un plaisir de t'offrir une telle horloge, mais, comme je te le disais, je la destinais à mon cousin qui me vend le vin de Candie à 150 aspres le tonneau, et l'huile à 100. Si tu pouvais me trouver du vin de Malvoisie à ce prix et l'huile de tes collines au prix que me fait mon cousin, j'aurais moins de mal à chercher l'horloge que j'ai cachée, bien protégée au fond de ma cale. Mais l'Emin se récriait : le tonneau de Malvoisie à 150 aspres et l'huile à 100, il n'y fallait pas songer ! On discuta donc sur la qualité du vin et la couleur de l'huile. L'Emin secouait la tête avec obstination, faisait la grimace lorsqu'il évoquait le vin de Candie. Le Malvoisie se négociait partout à 300 aspres et l'huile à 200. Il était impossible d'échapper à cette évidence.

– Sauf si je t'en prends dix tonneaux de chaque, ce qui te fait 2.500...

La phrase de Pisani fut interrompue par une voix venue de l'extérieur. Le long appel du Muezzin, chanté sur quelques notes, fit se dresser le fonctionnaire, le drogman et le chiaux, et précipita ces trois hommes côte à côte sur le tapis de prière, le dos tourné aux visiteurs. Ceux-ci restèrent en retrait, observaient un silence respectueux, attendaient la fin du cérémonial. Les trois Turcs déchaussés se courbaient, s'agenouillaient, se prosternaient, front contre terre, s'asseyaient sur leurs talons dans un ensemble qui tenait du ballet. Là bas, du haut du minaret, la sourate déroulait son fil sinueux. L'Emin, comme les deux coreligionnaires qui l'encadraient, soulevait ses mains et les ouvrait avant de frapper le sol. Les paroles qui tombaient du minaret devaient être pacifiques, car au moment où tous trois mordaient la poussière, l'Emin souleva ses bras au dessus de sa tête, cogna ses poings l'un contre l'autre, puis brandit un poing et une main ouverte. Pisani connaissait évidemment le langage des mains. Vingt, dix, cinq : 3500 aspres comprit-il. Il sourit. La pièce de chêne dont il avait besoin pour réparer le gouvernail était à lui.

Quand chacun eut repris sa place sur les bancs face à la mer, Pisani rompit le silence encore tout imprégné de divin :

– Quatre mille aspres. A ce prix, je suis d'accord de t'acheter dix tonneaux de Malvoisie et dix d'huile de tes oliviers ainsi qu'une poutre de chêne que notre charpentier choisira soit dans ton arsenal, soit parmi celles que je viens de voir livrer à la fuste qui se trouve dans le bassin. Tu sais bien que cette fuste ne partira pas de sitôt avec son équipage, puisque le Sultan lève l'armée. J'ai vu, en passant, qu'on la sortait de l'eau et quand elle pourra y retourner, les ânes du Taygète auront refait tes réserves. Et pour prix de ton amitié, je te fais apporter une horloge bien emballée dans un rouleau de carisé de première qualité.

Sur le chemin du retour, Stefano Pisani marchait plus vite, plus droit, plus guilleret que jamais.

– Messer Charpentier, vous avez ce qu'il vous faut. Dès que nous aurons regagné notre galère, vous emmènerez vos hommes prendre livraison de la poutre que vous avez choisie.

Il faisait effort pour ne pas dépasser le chiaux qui marchait d'un pas de haut fonctionnaire. Dans sa jubilation, il prenait Pietro à témoin :

– Avez-vous vu comment il a cédé ? Il nous a fait croire qu'il était inspiré par Dieu. C'est très astucieux de vivre ainsi avec Dieu à ses côtés pour vous souffler dans l'oreille… Notez aussi qu'il nous a cédé du vin et de l'huile à la moitié du prix pratiqué à Zante. Oh, il n'y perd pas, et malgré les droits portuaires et les taxes, je fais une bonne affaire… J'aurais dû lui en acheter le double.

– Je n'avais pas vu qu'on chargeait du bois sur la fuste, admit Pietro.

– L'œil ouvert, mon jeune ami, l'œil ouvert ! conclut le marchand en posant sa main sur l'épaule du jeune homme. Vous étiez tellement scandalisé de

retrouver nos pirates en bonne santé que vous avez
été distrait.

20 : DERNIÈRES ÉTAPES

Le jour suivant, au milieu du grincement de la scie et des coups de marteau, on vit approcher sur le quai une théorie de dix ânes chargés chacun de deux tonneaux.

– Ah ! Voilà mon huile et mon vin ! lança Pisani satisfait.

Pietro avait bien décidé d'ouvrir l'œil mais de toute la matinée, il avait dû se contenter d'observer depuis les couroirs l'arrivée et le départ de barques de pêche, le vol des oiseaux, et de l'autre côté du quai, les étals de poisson fréquentés par d'opulentes ménagères et quelques femmes, l'enfant lié sur le dos, qui le regardaient à la dérobée. Être consigné à bord lui était un supplice auquel il échappa sous prétexte d'aider au déchargement.

– Dix ânées ! compta Pisani. Dix charges d'âne, si vous préférez. En Orient, on vous aurait envoyé cinq chameaux car une chamelée vaut deux ânées. Il y a tout un art à charger les bêtes de somme.

– Alors, vos Turcs ne doivent pas le posséder, fit remarquer Pietro qui jouait à rester à l'affût pour montrer qu'il avait l'œil ouvert.

– Pas du tout, fit Pisani étonné par cette remarque mal à propos.

Pietro se sentit piqué au vif, furieux d'avoir décidément tout faux. Per Bacco, il ne fallait pas être aveugle pour voir que sur les flancs rebondis de ces pauvres animaux pesaient d'un côté un tonneau d'assez belle taille, de l'autre, un tonneau visiblement plus grand et plus compliqué, avec ses deux bondes, une au-dessus, une en-dessous, qui devaient ajouter encore au poids et déséquilibrer la bête. Pietro eut tôt fait, en quelques phrases, de flétrir à jamais tous les âniers du Péloponnèse.

– Bien, bien, Messer Aurelio, persifla le digne marchand. Mais si vous étiez un âne, mon ami, ce que je ne crois pas, vous seriez très heureux d'être ainsi harnaché. Car l'huile étant plus légère que le vin, vous loueriez les hommes astucieux qui en ont fait des tonneaux de taille différente et de poids identique une fois remplis. Ce qui permet non seulement de les reconnaître, mais de ne pas avoir à réfléchir lorsqu'on charge les cales des bateaux et qu'on a le souci d'équilibrer les cargaisons. Pietro eut envie de se confondre en excuses mais voyant Pisani lui tourner le dos pour vérifier sa livraison, il s'en fut écœuré musarder sur le quai. Il avisa la charrette d'un marchand ambulant qui vantait ses olives marinées, ses aulx, ses oignons. Pietro adorait les olives. Il courut au marchand, désigna les fruits verts, le marchand en jeta une poignée sur une grande feuille de vigne étalée sur le plateau de la balance, puis ouvrit une boîte d'où il retira des pièces de tailles diverses qu'il posa sur l'autre plateau, car il s'en servait de poids. Pietro se pencha. Quelles étaient ces pièces ? Per Dio ! Des pièces antiques à l'effigie de Constantin ! Vite, Pietro sortit quelques mankir pour prix de son cornet d'olives avant de rejoindre Pisani occupé à contrôler ses tonnelets.

– Avez-vous vu, Messer ? Ils se servent de pièces antiques pour peser la marchandise !

– Ah, oui, on en voit parfois, par ici, dit Pisani par-dessus son épaule. Il n'est plus que les paysans des montagnes qui utilisent encore de ces monnaies de cuivre ou de bronze. Vous pouvez même leur en acheter, ils vous les céderont pour presque rien. Merci pour les olives !

C'est ainsi que Pietro, tournant le dos à l'opération de contrôle de l'huile, s'en fut à toutes jambes rejoindre le marchand ambulant, lui commanda une nouvelle poignée d'olives et fit ouvrir sa boîte pour y choisir les plus belles pièces de monnaie : des Constantinus, des Julius, des Probus, des Valens, des Tacitus... Des antiquités véritables !

Le Conseil des Douze réuni le lendemain se jugea satisfait des achats et profits réalisés à Modon. Comme on avait refait les provisions et que le charpentier avait terminé son ouvrage, on quitta Modon le lendemain à l'aube. La mer était calme, le vent mestre qui s'était rétabli permit de hisser les voiles et les galères filèrent à belle allure jusqu'à Cerigo.

Cerigo : Cythère. Ses eaux turquoise, ses criques de sable fin, la transparence cristalline de la mer, tout y respirait la beauté. Les hommes, consignés depuis plusieurs jours à bord de la galère, avaient le sentiment d'aborder les îles merveilleuses dont parlaient les compagnons de Magellan. De plus, on était en terre vénitienne et l'on connaissait la cascade d'eau douce qui se précipitait du haut des roches dans un bois environnant. Enfin, comme on était un samedi, on siffla la « veresque ».

Dès que les officiers eurent rangé leurs effets dans leur coffre et ordonné leurs chambres, ils se dispersèrent dans l'île tandis que les galeotti se lançaient dans un nettoyage de grande envergure. Trois heures durant, ils organisèrent une tempête de seaux, de brosses, de racloirs, d'étrilles. Les bancs furent démontés, le bois mis à nu, l'eau de mer ruissela, emportant les scories de l'entassement humain. Des barbiers avaient installé à terre leur matériel de rasage et d'épouillage. Les médecins se tenaient à proximité, l'œil attentif aux boutons, aux blessures, aux escarres ; ils répondaient aux plaintes, surveillaient l'état de la machine. Après s'être confiés à ces hommes de l'art, chacun reçut du savon, des linges, et les chiourmes se rendirent à la cascade ou à la plage où elles se baignèrent dans les eaux qui avaient vu naître Vénus.

Le lendemain étant un dimanche, les chapelains firent dresser les autels sur les châteaux arrière.

D'une galée à l'autre, l'air léger transporta les cantiques et, recueilli dans ce décor d'avant le péché originel, on tournait les yeux vers la croix du Christ et songeait à son clocher. La preuve en fut que dans l'après-midi, on manqua de papier pour les lettres. Les lettrés se mettaient au service de ceux qui n'avaient pas appris à écrire. Mais pour se parler, Pietro et Obrad n'avaient pas besoin de cette règle imposée par la République sur ses convois.

– Veux-tu écrire, Obrad ?

– Je n'ai personne, Seigneurie. Tous tués par Uscoques. Massacré tout le village ils ont. Pour se venger de brûlot.

– Qu'est-ce que c'est, un brûlot ?

Obrad prit un bout de bois, dessinait dans le sable, commentait :

– Ils viennent en fuste, approchent de ta barque, tuent ou prennent esclaves, prennent ta pêche. Un jour, on a fabriqué petite barque, chargée avec poudre et petite mèche, pas trop longue, pas trop courte. Tu laisses approcher. Briquet d'amadou, tu enflammes la mèche et tu plonges dans l'eau. Quand leur barque toucher tout ça, boum ! Tout le monde mort et toi, nager vers le rivage.

– C'est dangereux.

– Rapide il faut être. Et savoir nager. Pas difficile.

– Tu l'as fait ?

– Oui, plusieurs fois. Mais la dernière, ils ont trouvé le village.

Dans sa main, le bâtonnet de bois devint un poignard dont il se passa la tranche sur la glotte.

Obrad n'avait pas besoin d'écrire. Seulement besoin de parler.

Le lendemain à l'aube, sur une mer toujours belle, on partit vers la Crète. Le convoi s'arrêta à la Canea, déchargea du sel, des étoffes, des outils de fer, chargea du vin, de l'huile. Rethymno, Candie… Partout des forteresses vénitiennes, des maisons carrées étagées sur la colline, des monastères et des oliviers. Les sombres rochers de la côte exposée à la tramontane avaient dû faire frémir les poètes de jadis, puisqu'ils voyaient passer parmi ces noirs écueils la fine fleur de la jeunesse grecque et qu'ils l'envoyaient se perdre dans les caves sinistres du palais de Cnossos pour y être sacrifiée à un monstre mi-humain mi taureau. Les paysages effrayants engendrent des légendes pleines d'horreur, se dit Pietro. À Candie, il se sentit oppressé pour la première fois, enfonça ses mains dans ses poches, toucha un tissu d'une douceur particulière, tira l'objet à la lumière : c'était un ruban rouge. Le ruban rouge qui retenait les cheveux d'Antonina. Antonina. Aucune des femmes qu'il avait croisées jusqu'à ce jour n'avait la langueur de ses yeux noirs ni la vivacité qu'elle y mettait parfois en prononçant certaines phrases. Tonina, ce que j'aurai de choses à te raconter, à mon retour ! Et comme tu me regarderas ! Pietro écrivit à sa mère sa deuxième lettre qui partit de Candie.

A la mi-octobre, commença la plus longue étape, la dernière, qui allait emmener le convoi au point ultime de son voyage. Encore une longue navigation hors de vue des côtes cap au levant avant un arrêt de deux mois dans cette île qui cristallisait ses rêves. C'était celle vers laquelle Zéphyr avait poussé Vénus à peine sortie de l'eau à Cythère. La même magie faisait danser les dauphins dans l'eau transparente autour du navire. Au bout d'une semaine interminable, se profilèrent enfin les côtes de Chypre.

21 : LA SIGNORA STAVRAKA

À Famagouste, le convoi qui venait de Venise au début de l'hiver était attendu comme la crue de printemps au bord du Nil. Lorsque, vers le mois de novembre, retentissait le canon de l'entrée du port, toutes les cloches des églises se mettaient à sonner et, comme à Venise, toute la ville se mettait en émoi. Des barques nageaient à la rencontre de ceux qui venaient d'au-delà de la mer. Elles étaient chargées de vivres frais de toutes sortes : légumes, fruits, viandes, belles courtisanes. C'était une flotte en fête qui entrait dans le port au milieu de l'agitation et des cris. À Famagouste, point de sommeil hivernal, comme dans les autres villes de l'île. Dès l'arrivée du convoi, les caves, les entrepôts, les greniers s'ouvraient ; l'activité gagnait les bureaux, les échoppes et les lieux de plaisir. Dans les arsenaux, les calfats travailleraient à radouber les coques ; les équipages au repos fourniraient une main d'œuvre pour les champs, les travaux de la ferme et les tâches domestiques. Les étages nobles des riches demeures s'illumineraient pour accueillir les notables vénitiens, les femmes paraîtraient, couvertes de soie et de joyaux et les réceptions rivaliseraient de faste.

L'une de ces demeures était le palais Stavrakis. La bâtisse reflétait avec exactitude l'histoire de la famille. Sur le champ que cultiva l'ancêtre, ses fils construisirent des murs solides de magasins ; la génération suivante édifia sur ce glacis une demeure vénitienne aux fenêtres en ogive ouvertes sur la rue et sur le jardin intérieur.

Pietro s'était fait précéder par un billet. Il reçut en retour une invitation enthousiaste, signée par la maîtresse de maison. Celle-ci affirmait qu'elle envoyait aussitôt son fils Yannis ainsi que des porteurs dans le but de déplacer son invité et son bagage, étant donné que, tout le temps que durerait son séjour à Famagouste, le fils de Donna Aurelia et l'ami de Yannis ne pouvait avoir d'autre demeure dans la ville que le palais Stavrakis. Yannis était en effet venu au port se présenter à la capitane. Pietro en était descendu, fringant, à peu près guéri de ses blessures, et les deux jeunes gens étaient tombés dans les bras l'un de l'autre. Depuis que le fils aîné des Stavrakis avait repris en partie les affaires de son père, il était venu quelques fois à Venise. Les jeunes gens se connaissaient. Mais comme il n'y avait aucune raison objective que Pietro se trouvât un jour à Famagouste, la surprise de sa visite n'en était que plus grande et plus agréable. Yannis organisa le déplacement de Pietro comme il organisait ses convois à terre. Puis il précéda son ami dans les appartements de sa mère.

Derrière ses vitraux qui adoucissaient la lumière de l'après-midi, le salon affichait un luxe tout vénitien mêlé de touches orientales. La maîtresse des lieux présidait une cour de dames. Pietro fit de grandes révérences à cette femme entre deux âges ; belle encore, il lui trouva cette opulence tranquille que l'on voyait aux femmes des peintures. D'ailleurs, sa mère ne lui avait-elle pas dit que la Signora Stavraka avait été la reine de Venise ? Elle devait avoir gardé de cette royauté-là l'onctuosité des gestes et le goût de s'entourer d'une cour d'admirateurs et admiratrices. Son long compliment débité avec feu, Pietro mit un genou en terre et tendit à la dame le coffret contenant la lettre et les présents de sa mère. Mais comme la Signora tardait à répondre au geste de Pietro, celui-ci, étonné, eut aussi un instant d'arrêt, leva les yeux. Elle avait le teint pâle, les lèvres fines, le visage auréolé de boucles cuivrées tressées de rubans de soie et de perles. Elle suspendait son geste, arrêtait sur lui son regard bleu, comme si dans le visage du jeune homme, elle en décelait un autre, qui remontait d'un lointain souvenir. Un instant de stupeur, de courte durée. Elle tendit les mains, reçut le coffret avec délicatesse et sa voix chantante égrena les mots, glissés entre les dents, à la mode vénitienne :

– Pardonnez-moi, Messer Aurelio. Je cherchais dans votre visage les traits de votre mère. Et je les retrouve et les admire en vous après tant d'années. Laissez-moi m'émouvoir un peu.

Pietro pensa qu'elle savait aussi mentir avec élégance. C'étaient évidemment les traits de Paolo Scarfati qu'elle venait de reconnaître en Pietro Aurelio. Elle l'avait connu, n'est-ce pas, Paolo Scarfati ? Ce peintre avait dû faire son portrait, jadis, comme il faisait celui de toutes les courtisanes en vue. Et si elle ignorait peut-être que Paolo Scarfati était mort, elle devait se souvenir que Laura, avant d'épouser le Grand Chancelier Aurelio, avait Paolo Scarfati comme amant. Et Pietro Aurelio souriait de la stupeur qu'il avait vue se dessiner fugitivement sur le visage toujours beau de Flamminia. Lui aussi savait dissimuler et y prenait à présent un plaisir pervers.

– Ma mère, en me faisant promettre de vous rencontrer, a voulu entretenir les liens d'amitié qui vous unissaient jadis et sans doute raviver des souvenirs communs.

La Signora Stavraka avait l'air réellement émue. Yannis avait avancé un fauteuil à son ami, afin qu'il occupe le premier rang à la cour de sa mère. Puis il était allé s'asseoir sur un pouf parmi les corolles des dames. Un valet était venu apporter du vin doux et des biscuits au sésame. On buvait à petites gorgées, on se passait le plateau d'argent. D'où il était, Yannis, suivait la conversation, intervenait parfois, laissait briller le charmant Pietro qui jouait de ses longues mains, de ses boucles noires et portait sur l'amie de sa mère le regard ardent de ses yeux sombres, guettant un second instant de trouble.

– Vous vous destinez au commerce, Messer Aurelio ? Il me semblait que vos parents vous réservaient un domaine agricole.

– Sans doute suis-je rebelle, Signora. Sachez que j'ai toujours rêvé devant les galères et les naves en partance pour les pays lointains. Après les visites de votre époux et de Yannis, je passais des journées entières à flâner sur le port, à regarder les bateaux… J'ai voulu voyager, moi aussi.

La dame penchait la tête, avait pris un petit air lointain pour écouter le jeune homme reconstituer une version plausible de son coup de folie. Il publiait cette autre vérité avec tant d'aplomb qu'il se mettait à y croire, à l'enjoliver de détails superflus, mais qui sonnaient vrai. De toute façon, l'œil languide de la dame faisait perdre à Pietro tout espoir de la voir se troubler encore. Elle l'écoutait placidement débiter ses inventions et Pietro continuait à jouer son personnage de courtisan tout en suscitant par moments l'intervention de Yannis. Car Yannis se trouvait parmi le parterre de dames et c'était dans cette direction que se portait à présent tout l'intérêt de Pietro. Elles étaient toutes très jeunes, mises avec goût mais sans luxe, sauf une, qui pouvait avoir vingt-cinq ans, arborait un collier de perles et roucoulait avec une voix de contralto. Au regard circulaire et interrogateur de Pietro, la Signora Stavraka répondit :

– Ce sont mes demoiselles, Messer Aurelio. L'après-midi, elles font salon, c'est la coutume. Selena m'apporte mon infusion, Elissa me fait la lecture, Iona chante et Zora joue de la musique.

Elle tendait la main pour désigner une à une les intéressées qui aussitôt se cambraient sur la pointe des fesses et saluaient en minaudant un peu. Pietro put les dévisager encore. La Signora Stavraka savait recruter son monde. Restait la beauté au collier de perles. Ce fut au tour de Pietro de cambrer la taille, de faire mine de se lever, de se pencher en avant :

– Signora...

– Cassandra est une amie. Son mari, le Capitaine Petridis, commande la garnison de Kyrenia. Comme elle ne supporte pas le climat de l'hiver dans cette ville du nord, elle se réfugie à Famagouste pour la mauvaise saison.

– C'est un fait, Messer, renchérit Cassandra. Les murs de citadelle suintent l'humidité et le vent est âpre.

Sa voix vibrait avec des flexions de cyprès dans la tramontane. Son cou rivalisait d'éclat avec ses perles et ses longs cils noirs voilaient un regard trouble. De ses longues mains fiévreuses, elle froissait les dentelles de sa robe. Elle avait une façon particulière de se laisser regarder. Soudain la porte s'ouvrit sur le maître de maison. Les jeunes filles et les deux jeunes gens bondirent sur leurs pieds, mais Alexandros, raide et cérémonieux, ignorant tout le monde, se dirigea droit vers son épouse, comme un prêtre qui se rend à l'autel à l'appel du Saint Sacrement. Il se courba devant elle, lui baisa la main avec la raideur contrainte de son échine et prononça quelques mots que Pietro ne comprit pas. Redressant le buste avec vivacité, il pivota d'un quart de tour, posa deux mains décharnées sur les épaules de son hôte, prononça de sa voix profonde à l'accent rocailleux :

– C'est un Honneur pour moi, Messer Aurelio le Jeune, et un Plaisir sans pareil de vous revoir en ma Maison. Cet honneur, que j'aurais aimé faire à votre Père –Dieu l'a reçu en son Paradis–, je vous le fais à Vous en souvenir de Lui. Soyez, le temps qu'il vous plaira, Plus que mon hôte : soyez mon Fils. Ce soir, vous dînerez avec ma Famille, ainsi que tous les jours où Dieu nous fera le Don de votre Présence.

Alexandros Stavrakis parlait avec des majuscules. Pietro se souvenait des visites à Venise de Stavrakis père et se rappelait qu'il riait en cachette avec sa sœur Flora de la façon qu'avait cet homme digne des guerriers d'Homère de prononcer avec solennité les mots qui désignaient pour lui des choses respectables. Tandis qu'il répondait de manière étudiée à l'invitation, Pietro était effleuré par ce souvenir ainsi que par de multiples pensées qui traversèrent son esprit à toute vitesse : la pensée qu'il était en train de se trouver des pères un peu partout ; que cela ne manquait pas de charme mais qu'il s'était embarqué justement parce qu'il en avait un de trop ; qu'il était venu là sous prétexte d'arranger les affaires de son oncle mais qu'il aurait bien le temps de s'en occuper plus tard, puisque la seule question du moment était de trouver comment en savoir plus sur Cassandra.

22 : LA FAMILLE STAVRAKIS

Le soir même, Pietro comprit pourquoi le pompeux Alexandros vouait à son épouse un culte digne d'une divinité. Il suffisait de se pencher un peu, et de compter le nombre de petits mâles qui s'alignaient le long de la table familiale. Parmi ces têtes au poil court, aux costumes sobres, une fleur aux couleurs vives : une fille. Une seule dot à pourvoir, mais cinq héritiers à l'empire Stavrakis ; cinq forces vives qui ne manqueraient pas de s'associer pour en assurer l'expansion, la puissance, la pérennité. A moins qu'ils n'en causent l'explosion. Et cela sans compter son ami Yannis, qu'égoïstement, il s'était approprié. Cinq et une six, et un sept. La Signora avait fait plus que son devoir. Vers le sommet de la table, un frère Demetrios et une belle-sœur apportaient la difficulté dans la vie placide d'Alexandros. Stériles, à n'en pas douter, vu la maigreur maladive de Dame Giulia. Face à

Alexandros, la belle Flamminia flamboyait de soie et de pierreries. Sur cette femme qui avait passé quelques années de sa vie à redouter les maternités, la nature s'était vengée en lui envoyant cet Agamemnon, prolifique comme Abraham, fort comme Ésaü, et qui n'avait pas dû marchander sa préférence à son frère pour un plat de lentilles. Alexandros avait d'ailleurs la fourchette vigoureuse comme sa voix, comme, très certainement, tout ce qui appartenait à sa personne. Et Flamminia lui avait rendu la pareille, vingt ans durant, sans s'essouffler. A soi seul, cet exploit méritait le respect et d'autant plus d'admiration que sa chair opulente était restée fraîche. Pietro comprenait mieux la cour dont elle s'entourait : c'était une reine d'abeilles au centre de sa ruche. Et la ruche, qui occupait tout l'étage noble du palais vénitien, retrouvait ses éléments majeurs autour de la table familiale. Mais pas de Cassandra. La dame devait avoir sa maison en ville.

Au sommet de cette table figurait Christos Stavrakis. C'était sans conteste le dernier représentant de la génération de ceux qui avaient bâti les murs de l'entrepôt. Il en avait la noirceur des caves, la rudesse des murailles, l'austérité des barreaux. Dès son arrivée, Alexandros s'était plié pour baiser la main du patriarche. Puis le patriarche avait baisé à son tour la main baguée de sa bru, après quoi, de son œil en vrille, il avait fait le tour de la tablée, constaté que personne ne manquait, s'était arrêté sur Pietro, qui semblait excédentaire.

– Père, dit Flamminia en grec, je vous présente Pietro Aurelio, qui nous vient par le convoi d'hiver.

– Ach. Le convoi d'hiver est arrivé, se contenta de bredouiller la bouche du vieillard, cachée au milieu d'une barbe hirsute.

Pietro, comme les autres, attendait debout derrière sa chaise. Il quitta son rang, s'approcha du patriarche et lui baisa la main comme il l'avait vu faire par Alexandros, puis il exprima en grec l'immensité de l'honneur qui lui était fait. Il parlait posément, comme un étranger, séparant bien les syllabes, mais au lieu d'observer une digne sévérité, il souriait aimablement. Le vieil homme toisait le jeune avec une curiosité méfiante.

– Celui-là n'est pas Chypriote !

– Je suis Vénitien, Kyrie.

– Sa mère fut jadis mon amie. Yannis est reçu dans sa famille chaque fois qu'il se rend à Venise, s'empressa d'expliquer Flamminia.

– Ach. Vénitien. Ce n'est pas grave, murmura le vieillard en se désintéressant de Pietro.

Alexandros, joignant trois doigts de sa main droite traça sur sa vaste poitrine un signe de croix qui allait d'est en ouest. Il murmurait des paroles reprises en cœur par sa famille. Pietro les approuva sans les comprendre toutes :

– Amen.

On regarda l'ancêtre s'asseoir avec précaution sur le fauteuil qu'on lui présentait, puis on s'assit à son tour. Le repas pouvait commencer. La ronde des valets se mit en branle, la ruche Stavrakis révéla ainsi son étendue et ses talents, car les plats et les vins étaient exquis. Christos mâchouillait paisiblement, Alexandros laissait la parole à son épouse, ce qui était une manifestation supplémentaire de vénération. Elle voulait tout savoir sur la vie à Venise, sur la mère de Pietro, Laura, sa lointaine amie, sur Padoue. Pietro lui renvoyait des échos de ce qu'elle avait connu jadis et personne n'aurait pu dire ce qu'elle pensait ni quelles images surgissaient devant ses yeux lorsqu'elle penchait délicieusement la tête à l'évocation de tel ou tel nom de patricien qui pour l'ancienne courtisane n'avait rien d'une abstraction. Puis Yannis lui fit raconter son voyage. Les plus jeunes de la tablée étaient exclus de la conversation, mais la petite Adonia parlait avec les yeux. Elle était assise presque en face de son frère et coulait vers cet ami venu de loin des œillades remplies d'extases juvéniles. A en juger par sa jolie frimousse, elle pouvait avoir quatorze ans tout au plus. Pietro lui rendait ses sourires et racontait ses aventures, n'hésitant pas à exagérer ceci ou cela, dans le seul but de voir Adonia battre des paupières. Il se préparait à parler des monnaies antiques qui servaient à peser les olives, lorsqu'une voix aiguë retentit au sommet de la table. Là-bas, l'ancêtre qui mâchait posément ne somnolait qu'en apparence et son esprit fonçait en ligne droite à travers les méandres de la conversation. Il prononça distinctement, dans un Vénitien rocailleux mais tout à fait clair :

— Et vos galères nous apportent-t-elles du blé, jeune homme ?

Les rires et les voix se turent, coupés par un instant de stupeur.

– Non point, Kyrie Stavrakis. Venise manque de blé. Ce qu'elle en reçoit vient au contraire de Chypre ainsi que des terres cultivées du Levant.

– Dans ce cas, passez votre route. Nous n'avons rien à vendre. Nos greniers...

– Pardonnez-moi, Père, interrompit brutalement Alexandros de sa voix d'airain. Nous ne parlerons Pas de cela ici. On ne chagrine Pas un Hôte le soir de son arrivée parmi nous.

Sa voix avait éclaté comme une explosion d'orage au milieu d'un ciel serein. Une double vague de sourcils épais se rejoignait au dessus du nez puissant d'Alexandros. La ride de son front s'était creusée en une tranchée profonde. Pietro se sentit comme foudroyé, mais le vieillard semblait n'avoir rien entendu et continuait de mastiquer placidement sa nourriture. Autour de la table, personne ne semblait s'émouvoir et, bien que le sourire de la petite Adonia eût disparu, celui de sa mère s'épanouissait toujours, et elle reprenait suavement la conversation interrompue :

– Vous aurez l'occasion de vous apercevoir que nous ne manquons de rien sur notre île. Certes, nous ne sommes pas Venise, mais les fêtes que nous donnons durant l'hiver y sont aussi joyeuses que là-bas et nous espérons bien que vous les honorerez de votre présence.

La période qui suivit l'installation de Pietro chez les Stavrakis fut une période intense. Conformément aux prévisions de la Signora Stavraka, une vie mondaine s'était mise à fleurir dans une harmonie étudiée, comme le parterre d'un jardinier. On s'efforçait de mélanger par tranches les habitants de Famagouste et les voyageurs du convoi marchand. Il y eut d'abord la réception du gouverneur qui réunit autour d'un dîner fastueux les Patroni et patriciens du grand commerce ; puis on connut le dîner du capitaine de la place, qui réunit les mêmes, plus les équipages de poupe et les militaires ; chaque association de commerce, de métiers, chaque société religieuse ou charitable y allait de sa réception officielle. Dans l'après-midi, on parlait entre hommes, la soirée s'ouvrait aux dames et l'on dansait jusque tard dans la nuit. Encadrant ce motif principal, les maisons privées aussi donnaient leur fête où les hôtes rivalisaient de tout le luxe que l'on pouvait s'offrir dans l'île. En effet, ce n'était pas Venise, mais ce n'était pas si mal. Et tandis que la ronde des uns tournait sur elle-même, mêlant dans la fête oiseaux sédentaires et oiseaux migrateurs, le même mouvement s'emparait du reste des équipages, dont les hommes trouvaient facilement à s'engager pour quelques mois dans les maisons, aux champs, sur les quais ou à l'arsenal. Obrad était venu trouver Pietro : « Seigneurie, laisse-moi être ton valet ». Tout patricien se devant d'avoir un serviteur attaché à sa personne, l'on vit le jeune Pietro Aurelio se déplacer dans Famagouste flanqué d'un solide gaillard qui tenait plus du pirate que du valet de chambre. Obrad le suivait partout, dormait en travers de sa porte, l'attendait au fond des églises, au pied des escaliers des grandes demeures, partout où le conduisait son rang, sa fonction et la présence amicale et empressée de l'aîné des Stavrakis. Par délicatesse, jamais Pietro n'osa questionner Yannis sur l'orage étrange qui avait secoué leur premier repas ; il avait trop de respect pour les secrets des familles et leurs blessures secrètes. Il vivait au rythme de l'île, des plaisirs qu'elle offrait avec générosité. Le soir, le spectacle et la compagnie des femmes lui réjouissaient les yeux et l'esprit, mais comme nulle part il n'avait retrouvé la présence troublante de Cassandra, il se remit à penser à son parrain et se proposa de remplir la mission qu'il s'était donnée auprès de lui.

23 : LE MONASTÈRE DE SAN BARNABA

– Tu veux donc visiter la propriété de ton parrain, dit Yannis. C'est du côté de Salamine, ce n'est pas loin. Mais avant cela, nous déjeunerons au monastère de San Barnaba. Il est toujours bon d'être averti de ce qu'on va trouver, avant de parler affaires. Le Père Abbé Amvrosios, que je connais bien, t'instruira sur la situation dans la région.

Ils partirent un matin en direction du nord, au milieu d'une petite troupe conduite par l'infatigable Yannis, deux valets, des mulets porteurs de bagages, quelques cadeaux. Pietro gardait sur lui les lettres de son oncle qu'il aurait à présenter à l'intendant du domaine. Obrad fermait la marche, traînait un peu, pour mieux admirer le paysage, disait-il. La plaine était verte, l'herbe grasse. Ils rencontrèrent même des zones d'étangs, qui rappelaient assez les paysages de la Vénétie. Rien d'étonnant à ce qu'un ancêtre Foscarini, contemporain de la Reine Catherine Cornaro, ait pensé y installer son domaine. Au bout de quelques heures de marche, ils arrivèrent au monastère, une belle construction byzantine avec ses arcades et ses dômes, organisés autour d'un puits central. Le père Amvrosios, rebondi dans sa grande robe noire, avait le visage rond mais prolongé vers le haut par sa coiffe cylindrique, disparaissant vers le bas dans une impressionnante barbe et barré au centre par de gros sourcils couleur de charbon. Yannis lui baisa l'anneau, fit les présentations, et lorsque les trois hommes eurent sacrifié au rite quasi-religieux des compliments et des cadeaux, ils purent s'adonner à celui, profane, de la table.

– L'Église orthodoxe de Chypre est indépendante, dit le Père Abbé à la fin d'un repas frugal. Jadis, les Lusignan, en bons chevaliers venus de terre sainte, nous ont un peu persécutés, car ils voulaient imposer à leur royaume le rite latin. Mais quand les Vénitiens sont venus prendre possession de l'île, ils nous ont non seulement évité une guerre dynastique, mais ils se sont montrés plus doux envers nos coutumes orientales, pourvu que nous ne troublions pas l'ordre public. Il avait prononcé cette dernière phrase en ouvrant ses grandes mains pour la souligner.

– C'est en effet une formule souvent employée par notre République, approuva Pietro.

– Venise nous protège même des incursions de pirates barbaresques qui infestent ces côtes, poursuivait l'Abbé, onctueux. C'est pourquoi la population vous a bien accueillis. Mais…

Pietro dressa l'oreille. La vérité profonde apparaît toujours au moment où l'on sert les fruits. Les fruits sont des aliments complexes. Le père Amvrosios semblait choisir les plus mûrs dans sa corbeille.

– Certains métayers ont pu garder des liens personnels avec certaines familles liées aux anciens féodaux qui ont fait souche... L'on peut aussi redouter parfois l'esprit des fermiers... Payer tribut à une lointaine république n'est pas céder la dîme au seigneur du lieu... L'éloignement accentue la méfiance... Celui qui vient de loin est facilement confondu avec l'usurpateur... Le vainqueur s'approprie toujours les meilleures terres... Enfin, la religion est une grande chose, pour les paysans et l'Église Orthodoxe, en montrant l'exemple de l'amitié avec Venise, contribue grandement à l'ordre public qui vous tient à cœur. Toutefois...

Pietro avait l'impression d'écorcer l'orange, à la recherche de la tavelure centrale.

– Nos Popes ont un grand respect pour la tradition et jouissent d'une grande influence sur les plus humbles qui ont tant besoin du secours de la religion. Votre gouverneur vénitien, en son palais de Famagouste, n'est jamais assez instruit de cette réalité et la grande difficulté de sa tâche est d'en tenir compte dans son administration.

L'Abbé Amvrosios égrena encore quelques aphorismes ; il parlait comme un Vénitien. Car il laissait à autrui le soin de déduire du général le particulier, le concert, l'immédiat. On aurait dit qu'il avait fait ses classes à Padoue. Mais il s'anima soudain, comme soulagé d'avoir ôté la callosité du fruit suspect, et content de pouvoir donner le reste à manger à son hôte :

– Enfin, je vous ai fait appeler le père Spyridon, le Pope chargé des âmes de ce village situé au milieu des terres de la famille Foscarini. Il vous conduira jusqu'au tombeau vénéré de notre Saint patron Barnaba.

Quand Pietro fut mis en présence du père Spyridon, il crut voir sortir des ténèbres une figure exhumée de plusieurs siècles, un naufragé extrait hagard d'une caverne où il avait fui la lumière, une chauve-souris perturbée dans son sommeil. Il voletait autour de l'Abbé, de longs doigts crochus faisaient le signe de croix devant les deux visiteurs, un regard en vrille, fiévreux et rouge, lançait des éclairs dangereux.

Trois cents pas séparaient le monastère de la chapelle construite sur la tombe. Pietro et Yannis les parcoururent à l'allure rapide de la forme noire qui volait au ras du sol, coassant sur un ton quasi-menaçant une suite de mots grecs :

– Hagio Barnabas, disciple et compagnon de l'apôtre Paul, mourut en Saint Martyr sur le sol Béni de notre île, parce qu'il y convertissait les païens impies et les juifs déicides. En l'an 477, Hagio Barnabas apparut en songe au Vénérable Archevêque Anthemios et lui commanda de creuser sous l'arbre trimithia où se trouvait sa tombe Glorieuse. Quand le Vénérable Archevêque Anthemios se rendit en cortège Solennel pour creuser, il trouva les Augustes ossements du Saint et sur sa poitrine, le volume Sacré du Saint Évangile de Saint Matthieu, écrit de sa main Bénie.

Le Pope Spyridon parlait aussi avec des majuscules, mais selon une autre logique que celle d'Alexandros.

– Alors, poursuivait-il, l'Évangile de Matthieu à la main, Le Vénérable Archevêque Anthemios navigua vers Byzance où il condamna les agissements du patriarche étranger d'Antioche et obtint de l'Empereur Zénon non seulement l'indépendance de notre Sainte Église Chypriote, mais une somme Merveilleuse de privilèges qui témoignent que la Gloire de Dieu est sur nous : notre Sainte Église Chypriote fut proclamée Autocéphale…

C'est bien. Il faut toujours garder la tête libre, pensa Pietro. Tout occupé à bien poser le pied sur les cailloux, il ne voyait pas les regards cinglants que le pope, de ses yeux rouges, jetait de temps en temps derrière lui

– Il reçut encore davantage, poursuivait Spyridon, car il octroya à l'archevêque de Chypre des privilèges qu'aucun autre Patriarche n'avait jamais eus avant lui : Porter un Manteau de Pourpre dans les cérémonies officielles, tenir le Sceptre supportant l'Univers, utiliser un Sceau avec l'Aigle à deux têtes, signer à l'Encre Rouge et…

De toute évidence, il était fier et jaloux de son importance et voulait faire comprendre à cet étranger qu'il n'avait rien à faire ici. Tout cela sentait l'épreuve de force.

– Enfin, le droit d'être appelé « Béatitude », termina Spyridon.

– La belle affaire, murmura Pietro en vénitien à mi-voix à Yannis. Chez nous, on dit « Sérénité » au Doge, ça n'empêche pas les sénateurs d'en faire à leur tête.

Il partit d'un rire joyeux et faillit en perdre l'équilibre, marchant sur des morceaux de rochers instables. Il vit le regard dont le pope l'enveloppa et bien qu'il ait parlé vénitien pour ne pas révéler qu'il comprenait le grec, il eut le sentiment très net d'avoir commis une erreur, d'autant plus que Yannis était aussitôt intervenu en grec pour faire l'éloge de Saint Barnabé, de sa sépulture et de ses fidèles. Yannis s'imposait en interprète entre le pope Spyridon et Pietro : celui-ci avait tout intérêt à ce que le méfiant religieux ignorât que ce Vénitien comprenait le grec. La question restait de savoir si ce Chypriote comprenait la langue vénitienne. Dans l'affirmative, le pope pouvait aussi avoir la prudence ne pas le laisser voir. Dans ce cas, le rire de Pietro, aggravé de sa remarque, à supposer qu'il l'ait entendue, risquait de lui attirer une inimitié qui ne demandait qu'à se renforcer. Pietro en eut conscience et, tout le reste du temps, joua le jeu de l'étranger venu chercher sur la tombe merveilleuse du Saint le pardon de ses fautes passées et la clémence du ciel pour celles que, à l'évidence, il commettait encore. Spyridon en parut rassuré, du moins en apparence.

Les deux amis, à l'imitation du prêtre, entrèrent se recueillir dans la chapelle, se frappèrent trois fois le front sur la pierre couverte d'un pan de velours. Quand ils émergèrent à la lumière aveuglante du dehors, ils trouvèrent Obrad penché sur le sol, remuant une croûte de terre et la piétinant avec rage comme s'il s'était pris le pied dans une fourmilière.

– Que fais-tu, Obrad ?

– Regarde, seigneurie, ils ont les sauterelles.

Il n'avait pas fini sa phrase qu'un cri épouvantable avait retenti derrière eux.

– Sacrilège ! hurlait le prêtre. Sacrilège !

– Mais non, mon père, intervint Yannis avec calme. Si vous avez les sauterelles, il convient de les détruire.

– Arrière, Satan ! Vous détruisez les créatures de Dieu !

Le pope, les yeux rouges exorbités dans un visage blême, brandissait sa croix. Yannis se signa une nouvelle fois devant la croix, mais s'approcha de Spyridon avec une autorité que Pietro ne lui connaissait pas.

– Saint homme, lui dit-il avec douceur, je vénère Dieu comme vous et je fais comme vous mes devoirs de chrétien. Mais rappelez-vous que Sa Béatitude elle-même a fait le procès des sauterelles, les a déclarées créatures du diable et par conséquent devant être détruites. C'est ce qu'il convient de faire.

Le prêtre gardait son air menaçant et sa bouche s'ouvrait parmi sa barbe. Yannis ne lui laissa pas le temps de répliquer et haussa le ton :

– Mais sachez aussi que je fais partie du Haut Conseil de cette province et vous connaissez, j'espère, les édits qui ont été imposés par les autorités civiles et religieuses. Vous n'ignorez pas que le gouverneur punit celui qui s'oppose à ses décrets et que l'Archevêque excommunie celui qui récidive. Ne m'obligez pas à vous citer devant le Conseil ni à me plaindre à l'Archevêque.

Sur ces paroles, le pope Spyridon, qui avait fait un bond en arrière, rengaina sa croix et s'en fut, battant des bras comme une grosse araignée et murmurant des prières. Pietro demeurait stupéfait. Ayant repris les chevaux, Yannis eut le temps d'expliquer :

– Tout ça, Pietro, c'est le problème de la cavalletta, ainsi nomme-t-on la sauterelle dans l'administration de Chypre. La cavalletta est le fléau qui fait peur à tous et dont personne n'ose parler. Il divise les paysans, le clergé, la population, les familles. Il nous fait craindre pour nos ressources, car la sauterelle dévore nos récoltes. Et pourtant, le problème n'est pas nouveau. Nous avons la cavalletta depuis des siècles, en quantité plus ou moins grande selon les saisons. Déjà Aristote en parlait. Il y en a d'ailleurs partout, dans notre île, en Syrie, en Égypte, en Italie, même. Mais en Italie, on a agi. Ici, nous nous opposons à la résistance des vieux et de la religion. Pendant des années, dès le début du mois de mars, on attendait dans l'angoisse l'apparition des sauterelles. Elles revenaient en si grand nombre qu'elles dévastaient les champs avant même la moisson, si bien que nous n'avions plus de blé à envoyer à la métropole.

– En effet, confirma Pietro, récemment encore, on a manqué de blé à Venise. C'est d'ailleurs pour cela que mon père a fait tant de travaux à Casale.

– Nous avons connu dans le passé des années si désastreuses qu'il devenait impossible de nourrir la population, au point qu'une année de plus sans récolte nous aurait forcés à abandonner Chypre vidée de ses habitants. Alors, Pietro Lion, capitaine de Famagouste, fit l'expérience d'appliquer les conseils qu'il avait lus dans Tite Live et Pline. Il fit ramasser les œufs en hiver, les larves puis les criquets au printemps. On paya les paysans au nombre de seaux d'œufs qu'ils ramenaient des terres, on réglementa le ramassage, punissant les récalcitrants, et obligeant le clergé à se soumettre.

– Il semble que les prêtres ne se plient pas, pourtant.

– Parce qu'une longue tradition nourrie par les religieux veut que l'arrivée des sauterelles soit le résultat de nos péchés. Les prêtres remplissaient ainsi leurs églises et récoltaient les aumônes.

– Je vois. Une façon comme une autre de résister à l'occupant. Et avez-vous des résultats ?

– En dix ans, le fléau n'est pas disparu, mais il est circonscrit. Grâce à nos efforts organisés, il a reculé ; nettement certaines années, moins bien d'autres. Cela dépend de la qualité de l'hiver et des pluies de printemps. Mais nous savons qu'il reculera encore, à condition de poursuivre la collecte des œufs.

– Ces résultats devraient convaincre les paysans.

— Devraient. Mais rien n'est plus difficile que de changer les habitudes et les croyances. Certains résistent pour d'autres raisons.

— Qui peut avoir intérêt à affamer l'île ?

— Ceux qui sont sûrs de pouvoir monnayer ce qui devient rare, Amico. Les autres font pénitence et jeûne. J'espère que je ne t'étonne pas.

Non, Pietro n'était pas étonné. Il comprenait enfin ce dont il ne fallait pas parler à la table des Stavrakis parce que cela chagrinerait leur invité. Il ne savait pas encore, le respectable Alexandros, que ce dont il évitait de parler était justement ce qui intéressait le plus son hôte. Yannis, lui, l'avait compris, puisqu'il l'avait emmené rencontrer l'Abbé de San Barnaba, et il terminait son exposé par une invite :

— Comme tu l'as entendu, j'occupe un poste à l'office des sauterelles. Si tu le souhaites, tu pourras m'accompagner dans mes tournées d'inspection. Cela t'instruira et te donnera du poids, lorsqu'il s'agira de rencontrer l'intendant du domaine de ton oncle.

Pietro le remercia encore : Yannis, décidément, était un humaniste qui ne baissait pas les bras devant les calamités et combattait l'ignorance. Un homme des âges nouveaux et un Vénitien. De plus, un ami précieux, qui ne ménageait pas sa peine. Bien sûr, Pietro était prêt à suivre cet ami jusqu'au bout de l'île.

Ils suivaient à présent le cours d'eau longeant domaine Foscarini. Le jour d'hiver était trop avancé pour pousser jusqu'au hameau où se trouvait la maison de l'intendant. La petite troupe reprit le chemin de Famagouste. Obrad, fermant toujours la marche, observait le paysage avec un étrange intérêt.

24 : L'INTENDANT DES FOSCARINI

Ils rentrèrent tard, un peu fourbus, engloutirent leur part du repas du soir à la cuisine. Pietro fut bien heureux de regagner sa chambre où le lit moelleux réparerait les fatigues des chevauchées auxquelles il n'était plus habitué. C'est en lui ôtant ses bottes qu'Obrad se mit à parler :

– J'ai vu, Seigneurie. Rivière toute sèche. Presque pas d'eau. Canal creusé sous la route. Eau s'en va. Sec est ton bief à toi.

– Que dis-tu, Obrad ?

S'aidant de ses grandes mains pour tracer les chemins d'eau dans l'espace, Obrad fit comprendre à Pietro que la rivière avait été détournée, sans doute pour alimenter un autre moulin en amont et que celui qui se trouvait sur la propriété de Foscarini n'était plus alimenté. Ils y retournèrent donc le surlendemain dans le même équipage, Yannis servant d'interprète, car là non plus, il ne voulait pas dévoiler qu'il entendait le grec.

L'homme à qui Pietro présenta les lettres signées de la main de son parrain était un de ces paysans à la peau recuite et à l'œil fuyant sous des paupières parcheminés qui tiraient vers les tempes le coin de l'orbite. Cela lui donnait un air chafouin que Pietro pouvait observer à loisir pendant que Yannis lui parlait en grec. Il se plaignit du manque de bras, de chevaux, de socs de charrue. Les sauterelles ? La terre était lourde, on la nettoierait dès la prochaine lune, pour en retirer la quantité réglementaire d'œufs. Ils visitèrent les bâtiments de la ferme. De longues traces noirâtres maculaient les murs sous le fléchissement des toitures. La mousse s'était accumulée entre les tuiles, y formait des boursouflures, les soulevait çà et là ; le logement des maître présentait le même air de tristesse et d'abandon, avec ses ferrures rouillées, ses plaques de lèpre et ses longues coulées de mousse dans les angles. Dans les écuries, deux chevaux de trait placides partageaient une ancienne litière. On entendait un autre piaffer de l'autre côté de la cloison de bois, mais l'intendant ne conduisit pas ses hôtes de ce côté-là et se plaignit plutôt des mauvaises récoltes qui empêchaient d'entretenir les toitures et de faire fonctionner les cheminées dans les logis. L'on descendit au moulin parmi des oliviers chevelus. La mousse recouvrait la roue à aube immobile dans un bief à sec. La meule était poussiéreuse, les araignées et les rats étaient les seuls habitants de la bâtisse.

– Pourquoi le bief est-il à sec ? traduisit Yannis.

– Mauvais automne, Kyrie. Pas assez de pluie. Les sources ne donnent plus comme avant. Il faudrait faire des travaux au captage.

Pietro vit bien que la prospérité des mousses était due à l'abondance des pluies mais il fit dire par Yannis que c'était Dieu qui décidait de retenir ou l'envoyer l'eau du ciel, que l'homme, soumis à sa volonté, ne pouvait qu'agir au mieux, ce que sûrement faisait l'intendant. Il priait celui-ci de faire la liste des travaux à entreprendre, du matériel et des animaux à acheter, et d'évaluer le montant de ces frais afin que son parrain puisse lui envoyer l'argent à sa meilleure convenance. Ils prirent congé sur la place du bourg. La porte de l'église s'était ouverte, le pope Spyridon assistait de loin au départ de la petite troupe, le crucifix planté dans sa ceinture tel un poignard. Il était flanqué d'un grand gaillard maigre au nez cassé, dont la joue gauche était mangée d'une tache violette tirant au pourpre, une de ces infirmités de la peau avec lesquelles on naît et qui font dire aux femmes de la campagne que le malin a effleuré l'enfant dans le sein de sa mère, ce qui fait redoubler les prières du baptême et des relevailles. Pietro se tourna vers l'église, salua le pope avant de monter en selle. Personne, dans son escorte, ne doutait que d'autres yeux, cachés dans les ténèbres des maisonnettes, ne perdaient pas un seul de leurs gestes et ils s'en allèrent, avec autant d'épines plantées dans le dos. À la sortie du village, à un endroit indiqué par Obrad, ils descendirent le talus de la route et s'engagèrent sur un chemin étroit qui suivait dans les broussailles les méandres de la rivière.

– Regarde, Seigneurie, dit le galeotto, ici, l'eau coule. Pas la mer, mais rapide. Au bout du chemin, tu trouveras moulin. Tu me crois ?

En effet. En contrebas d'une butte, un toit de tuiles neuves abritait un bâtiment flanqué de sa roue qui tournait paisiblement sur son axe.

– Nous les tenons, dit Pietro. Ne m'as-tu pas dit, Yannis, qu'il existe, à Famagouste comme à Trévise, un office des eaux qui administre les cours d'eau ?

Ils allaient s'approcher de la bâtisse, mais un bruit sec de branche cassée leur fit tourner la tête. Le fourré était épais, le jour déclinait, ils avaient quitté les terres Foscarini et s'étaient éloignés de la voie publique de Famagouste : il convenait d'être prudents.

– Aller voir, dit Obrad. Peut-être gibier…

– Non, dit Yannis. Trop dangereux. Peut-être gibier de potence, oui. Rentrons. De toute façon, nous en savons assez.

Le lendemain, Pietro se rendit au Palazzo della Ragione, siège du gouvernement vénitien de Famagouste. Le Provveditore alle acque, Antonio Barbaro le reçut avec courtoisie et le traita avec la même politesse qu'il aurait déployée pour le Signore Foscarini en personne.

– Ah, Signore Aurelio, vous ne m'étonnez guère. Ce genre de filouterie est tellement répandue dans nos campagnes, et tellement tentantes, il faut bien le dire, lorsque les maîtres habitent au loin. Vous conseillerez à votre parrain de choisir à Famagouste un représentant vénitien de toute confiance. J'en aurai d'ailleurs à vous proposer. Mais en attendant, il convient de réprimer avec la dernière sévérité ce genre d'atteintes à l'ordre public.

Pietro souriait intérieurement : « atteinte à l'ordre public » était le péché mortel de la colonie, au point que l'Abbé Amvrosios avait appris la leçon. Aussitôt qu'un représentant du gouvernement parlait d'atteinte à l'ordre public, il était en droit de mettre en route la lourde machine administrative comme la suspicieuse machine judiciaire, laquelle avançait en emprisonnant et en menaçant de la corde. Les jours de liberté de l'intendant étaient comptés.

– Vous avez eu raison de ne pas provoquer d'éclat, poursuivait le haut fonctionnaire, ils auraient fait en sorte d'effacer les traces de leur fraude. Nous ferons une enquête discrète, semblable à la vôtre, et nous vous préviendrons aussitôt que nous aurons décidé d'agir. Rien ne presse. S'ils sont sur leurs gardes, laissons s'endormir leur vigilance.

Car on n'avait jamais vu une administration se déplacer comme la foudre.

Les jours suivants passèrent avec rapidité. Pietro aidait Yannis dans ses tâches administratives à l'office des sauterelles. On était en pleine saison de la ponte. Ils étaient allés à cheval dans les terres environnantes et avaient assisté au ramassage des œufs. Les paysans, en rangées comme les faucheurs, grattaient le sol. A l'aide de tamis, ils séparaient la terre des sacs d'œufs blanchâtres et jetaient ceux-ci par centaines dans les cafisi. Ce n'était pas un spectacle réjouissant. Sur les étendues de plaine aux pieds des monts, les ramasseurs d'œufs ressemblaient eux-mêmes à de gros insectes rampants. Dans l'esprit de Pietro, ces images se superposaient à celles d'autres gros insectes qui creusaient des trous et déplaçaient de la terre à Casale. Le pain était à ce prix.

Pendant tout ce temps, Pietro fut ainsi infidèle à Stefano Pisani. Mais le marchand avait ses occupations, de la famille, ses comptoirs, ses clients, ses dîners aussi. Le commerce reviendrait à son heure reprendre ses droits et il n'était pas mauvais non plus que le jeune homme s'instruisît des affaires de la colonie. Le mentor et l'élève se rencontraient parfois aux mêmes réceptions :

— Toujours dans les sauterelles, Messer Aurelio ?

— Toujours, Messer. Prenez garde : je reviens à la terre.

Il recevait en réponse une main lourde et amicale sur son épaule.

Christos Stavrakis, n'ayant plus fait allusion à la mauvaise récolte et Pietro s'étant bien gardé de soulever à table ce propos désagréable, les conversations aux repas tournaient autour des fêtes qui se préparaient par la ville, des cérémonies qui avaient eu lieu à l'église. Quand Adonia récitait la prière, Pietro ne baissait pas les yeux comme les autres ; il regardait remuer les lèvres roses de la jeune fille, s'amusait du timbre particulier des mots grecs qui devenaient une musique en passant par sa bouche menue. Il questionnait Christos et ses deux fils sur l'histoire de l'île, sur les événements qui avaient suivi la mort du dernier des Lusignan.

L'ancêtre racontait sa guerre, la gloire de son île ; son fils énumérait les bienfaits de Venise qui nourrissait son commerce d'antiquités. Un jour même, Pietro crut voir Christos sourire dans sa longue barbe. A l'office de la Noël, le farouche vieillard contemplait le Jésus de plâtre avec un regard d'enfant. Il était assis à la première rangée dans l'église, entouré de son impressionnante famille, suivi de ses amis, des gens de sa maison. Il occupait à lui seul le quart de la nef et le pope venait lui embrasser l'épaule.

Quelques jours avant la fête des rois, Flamminia, sortant de sa nonchalance profonde, avait froncé le sourcil en surprenant un échange de regards entre Pietro et Adonia. Elle prononça de sa voix lointaine :

– Vous verra-t-on, Messer Aurelio, au bal de Maria Andreou Theodoridis ?

– Je ne suis là que depuis si peu de temps, Signora. J'ai bien peur de ne pas connaître cette dame.

– Mais cela n'a aucune importance, voyons. Je vous ferai inviter. Vous la connaîtrez. Vous y trouverez tout ce qui compte à Famagouste. Et je suis sûre que Cassandra Petridis y sera.

25 : CASSANDRA

Elle y était. Avec ses yeux voilés et son regard trouble, son collier à plusieurs rangs de perles qui avivaient l'éclat de sa peau, ses longues mains qui froissaient les dentelles de sa somptueuse robe de bal dont les plis amples soulignaient la finesse de la taille, sa taille prise dans un corselet qui faisait jaillir ses seins sur lesquels les perles roulaient, ses seins qu'on avait envie de mordre, son cou qui se ployait avec tant de grâce, ses lèvres d'un rouge irritant d'où sortait cette voix grave qui faisait tressaillir les entrailles.

Il n'en fallait pas davantage pour incendier le jeune homme beau et vigoureux qui avait passé quatre mois à s'endormir solitaire sur une paillasse de bateau. Durant le dîner, il eut du mal à la quitter des yeux. Il l'observait depuis l'autre rive de la table, usant de ce regard pesant, immobile, ce regard qui souffre d'attendre, qui pénètre déjà, qui prend possession. Et elle se laissait prendre. Ses yeux s'échappaient, revenaient, vérifiaient s'il était toujours là. Elle se laissait envahir, elle jouissait de l'invasion, elle entrouvrait les lèvres, cherchait de l'air à respirer, soulevait les seins, souffrait de soif, tendait ses longues mains vers la coupe, la soulevait avec lenteur, avançait ses lèvres écarlates et le liquide couleur de sang disparaissait dans la profondeur de sa bouche. Son cou palpitait, elle déposait le verre, passait un bout de langue sur sa lèvre humide. Elle penchait la tête vers son voisin de table qui lui parlait ; on voyait bien qu'elle ne l'écoutait pas ; ses paupières se soulevaient encore vers Pietro et Pietro, pendant ce temps, parlait aussi pour ne rien dire. Il tentait d'échapper à ses voisines qui le sollicitaient, revenait, hypnotisé, magnétisé comme l'aiguille de la boussole vers sa conversation silencieuse avec les yeux voilés de Cassandra. Quelque chose là s'imposait à lui. Il n'était point besoin de paroles et de si peu de gestes. Pour l'instant. Quand les danses commencèrent, ils se retrouvèrent face à face. Il s'empara de sa longue main nerveuse. Ils tournèrent ensemble autour d'un axe invisible, clouant leurs regards avec une sorte d'âpreté.

— Il faudra que j'aille faire mes civilités, s'empressa-t-il de lui dire. Je reviens. Ne partez pas, j'en serais au désespoir.

— Allez. Je vous attends, répondit-elle de sa voix grave.

On vit Pietro faire la révérence à la plantureuse Maria Andreou Theodoridis, s'approcher de

Flamminia Alexandrou Stavrakis, qui l'observait discrètement, amusée, rêveuse. Il échangea deux mots avec Alexandros, avec Andreas Theodoridis, puis s'en fut rejoindre Cassandra.

La jeune femme quitta le salon, s'engagea dans une pièce plus sombre, enfila un couloir.

– Suivez-moi. Je connais les lieux.

Pas besoin de lumière pour trouver le loquet de la porte. Pas besoin de mots, non plus, une fois à l'intérieur, adossée au mur. Oh ! Lâcher la bonde ! Serrer avec fièvre le corps chaud que l'on ne supportait plus de garder à distance, serrer, serrer à s'étouffer et la taille et le buste gracile et chercher ces lèvres adorables dont l'ourlet rouge avait si durement irrité le désir de mordre, de saisir, d'engouffrer une langue fouineuse, et le besoin de cette bouche de s'ouvrir, et le besoin de cette peau enfin libérée de se saccager sur une barbe dure, dans cette étreinte folle, cravachée par trop de temps perdu en vaines parodies d'amour. Pietro n'y tenait plus : les vêtements s'écartent. Déjà, il pétrissait sous chacune de ses mains un sein charnu lourd, dont la pointe dure roulait dans ses paumes comme les perles et que ses lèvres enfiévrées happaient avec gourmandise. Et, sur l'invitation de la jeune femme soulevant sa robe, Pietro, plongea vers la chair tendre, chercha la faille humide. Son désir exacerbé le fouetta de plus belle mais ce fut elle qui s'empara de son dard et il le poussa avec violence, arrachant à Cassandra un cri sauvage qu'elle étouffa sur l'épaule du jeune homme.

Une fois libérés de cette nécessité absolue, ils se retrouvèrent hors d'haleine, front contre front, partageant un constat. Il y avait cette chose entre eux, ces gestes que ni l'un ni l'autre n'avaient pu retenir, cette nécessité, ce jaillissement, ce plaisir aigu, déchirant, ces ondes de frissons qui les secouaient encore. Mais le désir revenait, les saisissait, les fustigeait, les malmenait, les torturait.

– Allons chez moi, dit Cassandra.

Pietro connut une période d'éblouissements. Il quittait Cassandra au petit matin, elle lui manquait à méridienne, il y retournait pour la sieste. Il prétextait de dîners et de travail avec Stefano Pisani pour retrouver la jeune femme dans sa chambre qu'elle ne quittait plus. Elle y vivait nue, accessible à chaque instant, souple, parfumée, ardente et gémissante, et son regard voilé chavirait chaque jour davantage sous l'effet d'une extase sans fin. Pietro y déployait sans faiblir l'ardeur de sa jeunesse et lui faisait l'amour jusqu'à l'épuisement. C'était une fête des sens. Elle était charmante, belle, parlait peu, avait seulement besoin de caresses et de grands frissons. Ils se rejoignaient dans ce besoin intense, qu'ils satisfaisaient avec délices, jusqu'à reflux. Ils formaient un couple parfait.

Vint le jour où, enlacés, Cassandra et Pietro préférèrent rêvasser, ne penser à rien, ne rien faire. Et il se dit que, s'ils recherchaient cette douceur, c'était peut-être que la brûlure était moins intense, que la chair parlait moins fort. Éros, après avoir lancé sa flèche, était allé voleter ailleurs. Pietro se mit à parler de Yannis, de Pisani, de ses compagnons d'équipage. Que pouvait-elle lui répondre ? Un mari qu'on lui avait imposé, qu'elle détestait, une vie insignifiante ? Elle eut la délicatesse de se taire, de faire parler Pietro. Mais le monde extérieur s'était glissé entre eux. Leur passion était condamnée.

Un jour, elle lui dit :

– J'ai reçu une lettre de mon époux. Il s'apprête à quitter Kyrenia pour venir à Famagouste faire son rapport annuel au capitaine général. J'aurai peur pour toi, si tu restes. D'ailleurs, nous devenons imprudents.

Pietro expérimenta alors combien, au début d'une liaison, les mille obstacles qui se dressent entre les amants exacerbent le désir en ajoutant à la soif inextinguible des sens le piment inimitable du danger. Mais sitôt que le feu tiédit, ces mêmes obstacles deviennent autant d'épines sur lesquelles la passion s'écorche et en précipitent la fin. Et le passage par la porte dérobée, et la servante qu'il faut corrompre, et les mille subterfuges qu'on invente pour échapper à la surveillance du monde, après avoir représenté un jeu couronné de mille victoires, deviennent autant de blessures d'amour propre, de sanies qui corrompent l'amour plus sûrement que la jalousie. Pietro, en contemplant sa complice avec infiniment de tendresse, espérait seulement ne pas lui occasionner de souffrance.

– Sois sans crainte, dit-elle. Peu importe ce qu'il adviendra de moi. J'ai vécu avec toi ce que beaucoup ne connaîtront pas de toute une vie.

Leur baiser, ce soir-là avait la beauté mélancolique d'une soirée d'été.

Quand Pietro réapparut le lendemain à l'office des sauterelles, Yannis, que les ruses de son ami ne trompaient pas, l'accueillit avec une joie renouvelée. Yannis, pour n'avoir que cinq ans de plus que lui, savait déjà que, contrairement à la sauterelle, l'invasion de celle qu'il appelait secrètement Cavalletta était comme une fièvre à laquelle il fallait laisser libre cours et qui céderait d'elle-même, le moment venu. Aussi, lorsque Pietro accepta sans hésiter de repartir dès le lendemain dans les champs, le jeune Chypriote conclut à la convalescence du malade et s'empara de la carte de la province pour préparer leur prochaine expédition.

Mais le lendemain, ce fut une lettre d'un juge des quaranties criminelles que Pietro trouva sur son chemin. Une convocation aux quaranties criminelles ! Diable ! Cela aurait-il quelque chose à voir avec sa conduite ? Une plainte ? Une provocation en duel ? Tout le long du chemin qu'il parcourut jusqu'au palais della Ragione, il lutta contre cette pensée qui revenait, absurde mais si insistante qu'au fur et à mesure qu'il se rapprochait du palazzo, elle paraissait moins absurde. Quand enfin il se trouva en face du juge Carlo Zen, un homme sec et hautain, portant haut le sourcil et le menton, il dut se faire répéter l'invitation à s'asseoir.

– Messer Aurelio, dit Carlo Zen, votre plainte a été entendue et votre intendant aussitôt emprisonné par mesure de prévention. Notre enquête a démontré qu'il y a bien eu détournement de bien public, atteinte à la propriété d'autrui et fraude sur les taxes dues à l'État. Le jugement a été prononcé aux quaranties criminelles et nous nous préparons à procéder à l'exécution de la sentence. Notre homme est condamné, sa maison et ses biens confisqués et sa famille bannie de la province. Il nous faut à présent procéder sur les lieux. Votre présence est souhaitée en tant que plaignant et témoin. Aussi bien voudriez-vous profiter de cette exécution pour intervenir vous-même en tant que mandataire de votre parrain et imposer à vos paysans la discipline dont ils ont besoin et le maître que vous leur aurez choisi.

L'esprit de Pietro courait après les mots. Cet exercice, en le propulsant vers l'action, lui ôta toute mélancolie. Il n'irait pas vers le sud présider au ramassage des œufs de sauterelles, il irait vers le nord présider à l'installation de son nouvel intendant. Il avait depuis un temps obtenu du provveditore alle acque que lui soit présenté ce Vénitien digne de confiance qui pourrait remplacer l'actuel régisseur. C'était un certain Pamfili, bourgeois de Famagouste issu d'une famille de colons, ayant servi dans l'administration des sauterelles et qu'à ce titre, il avait déjà rencontré. Célibataire mais en puissance de mariage, Marco Pamfili était heureux de prendre cet établissement pour faire valoir sa situation au regard d'une famille de rang identique au sien. Leurs accords étant signés, le nouvel intendant n'avait plus qu'à rassembler ses hardes et son fourniment. Ils pourraient faire le chemin ensemble, ce qui activerait les choses. Et comme il fallait que Pietro s'exile pour un temps de Famagouste, le travail à fournir à la propriété de son oncle était un excellent motif d'absence.

Lorsque Pietro, au repas du soir, fit part de ces nouveaux arrangements à la famille Stavrakis, on lui fit grands compliments sur la bonne issue de son procès et les deux frères, en purs commerçants, ne tarirent pas de conseils paternels quant à la conduite d'un domaine agricole. Flamminia écoutait de loin, se réjouissait de voir que les pensées du jeune homme avaient pris d'autres directions, s'assurait que ses yeux ne se tournaient plus vers sa fille et que celle-ci baissait les siens. Elle se promettait d'inviter son amie Cassandra à l'une de ses après-midi de dames et de suivre sur le visage de la jeune femme les évolutions de son chagrin.

Il fallait encore que Pietro avertisse Vettor Zustinian de son absence momentanée. Ce congé lui fut accordé, le convoi ne devant repartir qu'en mars. Quant à Stefano Pisani, il l'accueillit avec sa bonne humeur et sa bonhommie habituelles :

— Ah, mon ami, la jeunesse est décidément volage. Vous êtes doué pour le commerce, mais vous voilà bien retournant à la terre. Enfin, c'est pour la bonne cause. Mais savez-vous que les moines de San Barnaba font une liqueur de grande renommée et, outre des icônes de toute beauté, l'on vante leurs vins et le produit de leurs moulins à huile. Vous devriez aller y faire un tour et faire une provision de leurs excellents produits. De plus, les grâces de San Barnaba éloignent les tentations de la chair.

Pietro se contenta de sourire. Bien sûr, il retournerait à San Barnaba, y achèterait de la liqueur des moines, rien que pour en faire cadeau à son cher mentor. Et si les produits de l'abbaye étaient bons, il achèterait pour lui de quoi s'assurer un fret de retour. Selon ce projet, il boucla son bagage, chargea un mulet et embrassa Yannis.

– Je suis désolé de ne pouvoir t'accompagner, dit celui-ci. Sois prudent. Quoique les chemins soient sûrs et que tu ne seras pas seul, méfie-toi. Ce n'est pas tout d'avoir la loi pour soi.

26 : L'EXÉCUTION DE JUSTICE

Le convoi officiel de justice se mit en route un matin de février. Une escorte armée entourait le juge de quaranties criminelles, suivi de deux exécuteurs des sentences accompagnés chacun de deux valets. Pietro emmenait son nouveau régisseur. Messer Pamfili avait affrété un fourgon contenant son maigre mobilier, ses écritoires et ses livres, et avait recruté deux valets à sa solde pour l'aider dans son quotidien et l'administration du domaine. Obrad, tenant le mulet à la longe, fermait la marche, selon son habitude, en regardant autour de lui.

Il faisait une journée maussade, Un vent âpre et salé fouettait par rafales les visages ; chevaux et mulets avançaient à contrecœur. Quand tout ce monde déboula sur la place du hameau Foscarini, le bruit de la chevauchée avait déjà tiré la plupart des habitants hors de leurs maisons. Les roulements de tambour furent à peine nécessaires pour rassembler tout le monde. Ce n'était pas une foule ; on comptait beaucoup de femmes, plusieurs hommes étant aux champs. Parmi les gens qui s'avançaient, Pietro reconnut le pope Spyridon, sa robe noire élimée, flottante, son visage chiffonné autour de sa ride de colère et ses yeux brillant comme des escarboucles. Quant au grand maigre à la joue pourpre que Pietro avait pris pour son acolyte, il s'était extrait de la maison de l'intendant, s'était approché traînant les pieds d'un air contraint comme un homme qu'on eût arraché à une tâche importante. Il y avait, dans la lenteur de son pas, une charge d'orgueil et un relent de haine. Il s'arrêta à bonne distance, raide et méfiant, les pieds nus écartés, ancrés dans le sable, les bras croisés sur la poitrine, son menton relevé, tendant son masque bicolore et dardant vers le juge de quaranties criminelles, à cheval dans son manteau rouge, un regard chargé de défi. Le tambour roulait, grondait, faisait monter inutilement l'attente. Mais lorsqu'il se tut, le silence soudain fit croître la tension dans le face à face inégal entre gens à cheval et gens à pied. Sur les visages de la plupart des villageois, visages hirsutes, femmes en fichu, enfants en haillons, se lisait cette anxiété un peu passive des gens qui savent et attendent le drame presque sans s'émouvoir. Mais Pietro observait l'homme à la joue pourpre. Celui-ci l'avait-il repéré parmi l'escorte à cheval ? Tout le temps que le secrétaire de quarantie, qui luttait contre le vent, parvienne à déployer le rouleau contenant le texte qu'il avait à lire, il était resté immobile, un peu à l'écart, comme un fauve attendant son heure.

Enfin retentit la voix de stentor du secrétaire. Il énuméra les attendus, une suite de mots juridiques et compliqués que les paysans écoutaient passivement, ne comprenant que la musique des phrases et supposant le reste. Oh, ils savaient bien, pardi, que l'intendant avait acheté ce lopin de terre voisin du domaine et ils avaient aidé, bien sûr, à la construction du moulin, et même au creusement du siphon qui déversait l'eau de la rivière dans le bief de l'intendant, asséchant ainsi celui de l'ancien moulin. Ils disaient d'ailleurs « ancien moulin », vu que celui du domaine ne fonctionnait plus guère, mais, tant qu'ils avaient du pain, savoir qui leur vendait la farine n'avait pas d'importance. Ce qui leur importait seulement, c'était qu'on ne détruise pas le moulin qui fonctionnait, les privant de farine. Aussitôt que le secrétaire eut fini d'aboyer, il enroula son document et, sur un mot de l'homme en rouge, les exécuteurs et une partie des soldats se dirigèrent vers la maison du régisseur, celle-là même d'où était sorti l'homme à la joue pourpre.

Pietro l'aurait juré. Cet homme était de la famille du coupable. Son frère, plutôt son fils. Il devait servir les offices, son infirmité de peau l'avait fait mettre sous la protection divine, peut-être était-il sacristain, en tout cas de mèche avec ce fou de pope, avec qui il partageait sans doute la haine de l'occupant vénitien, de sa richesse et de ses lois. Les mises en garde de l'Abbé de San Barnaba n'étaient pas de vaines allusions. La preuve qu'il avait dit vrai se déployait sous ses yeux. Car aussitôt que les soldats eurent pénétré dans la maison, le silence stupéfait fit place à la clameur furieuse : hurlements de femmes, pleurs d'enfants, concert de cris aigus auquel ne se mêla aucune voix d'homme. Les soldats, à peine gênés dans leurs mouvements par des harpies qui s'accrochaient à leurs vêtements, entreprenaient de vider la maison, jetaient par les fenêtres hardes et paillasses. Les meubles s'accumulaient sur le terre-plein de sable. On y trouva même un berceau et de ces pots de terre qui recueillent les soulagements nocturnes. Cet entassement dérisoire et tragique s'était fait sous l'œil impassible des vénitiens. L'homme à la joue pourpre s'était écarté davantage et observait aussi la scène avec une froideur nouvelle. Deux femmes s'étaient mises sous la protection du pope qui ne perdait rien de ce qui se passait sur le seuil de la maison. Quand tout fut fini, le silence retomba, à peine troublé de sanglots étouffés. Le juge de quaranties criminelles reprit la parole, déclarant que la justice de l'État étant satisfaite, il convenait d'appliquer le droit privé de la propriété ; qu'il ressortait des lettres dont Messer Aurelio était porteur, que celui-ci, dûment mandaté par le Signor Foscarini, avait tout pouvoir pour organiser la nouvelle administration du domaine, en ce compris la réserve d'armes, vu que tout régisseur présent sur un domaine privé devenait ipso facto responsable de la milice et des armes prêtées à celle-ci par la République.

– Capitaine, avez-vous trouvé les armes ? demanda-t-il au capitaine des soldats.

– Oui, Signore, dans la cave. Quatre arbalètes et dix piques, déclara le capitaine.

– Notez, Messer Secrétaire, dit le juge.

– Cette cave était-elle scellée ? questionna Pietro.

– Non, Signore.

– Alors, cadenassez-la à l'instant, et donnez la clé à Messer Pamfili.

On ne pouvait faire mieux dans les circonstances présentes, mais Pietro crut bien voir se dessiner dans les orbites rouges du pope une sorte de sourire malsain. La coutume était qu'après une telle exécution de justice, deux soldats restent sur les lieux pour assurer l'ordre et veiller à ce que les bannis quittent le village. L'homme à la joue pourpre devrait disparaître ; restait le pope. Pietro se dit que Spyridon donnerait du fil à retordre à Messer Pamfili mais enfin, celui-ci était averti et, d'ailleurs, ne semblait pas s'émouvoir.

– Ici se termine ma mission, dit le juge à Pietro, avant de proclamer à la cantonade que ceci devait servir d'exemple à ceux qui bravent les lois de la République.

Le capitaine ayant rassemblé l'escorte du retour, le juge adressa un salut à Pietro, à Pamfili, et au pope, et fit tourner son cheval.

Les deux soldats restés au village s'étaient postés à l'entrée de la maison et regardaient d'un œil morne les villageois affairés autour du tas de meubles. Le pope semblait organiser la distribution de ces dépouilles et prendre en charge les deux femmes affligées. L'une paraissait entre deux âges, l'autre toute jeune. Quoique Pietro fût de ceux que la vue d'une jeune femme ne laisse pas indifférent, il se détourna de leur groupe pour entrer dans la maison. Il n'avait pas un instant à perdre.

Dans la maison, un logis simple mais suffisant, les exécuteurs avisés avaient épargné le cellier, les fourneaux de cuisine et la pièce qui servait de bureau avec ses livres de comptes. Pendant que les valets nettoyaient quelques débris, déchargeaient le fourgon et veillaient à l'installation de leur maître, Pietro, ayant fait appeler les contremaîtres, organisa le premier conseil autour de Messer Pamfili. Finalement, les choses ne se présentaient pas si mal. Un homme capable de tromper effrontément la République savait aussi à l'occasion tromper ses semblables. C'est ce qui ressortait des livres. La farine du moulin neuf se vendait cher. Ce moulin, confisqué par l'État au même titre que tous les biens de l'ancien régisseur, continuerait à fonctionner et les paysans achèteraient leur farine à l'État, au prix officiel, en attendant que le Signor Foscarini décide soit de remettre en route son moulin abandonné, soit d'acheter la propriété voisine. Cette première décision fut accueillie avec soulagement par les contremaîtres qui parlaient au nom de leurs hommes. En contrepartie, le ramassage des œufs de sauterelles se ferait activement et avec soin. Il ne suffisait pas d'assurer un ramassage approximatif, il fallait ramasser avec acharnement.

– Le pope nous a promis un arrivage d'eau miraculeuse, dit un contremaître.

Pietro en avait entendu parler, de cette croyance qui voulait qu'une eau spéciale, venue de Perse, attire les oiseaux mangeurs de sauterelles. C'était une façon poétique de regarder la nature, mais elle n'avantageait que les transporteurs qui s'enrichissaient honteusement, ainsi que quelques espions vénitiens, qui rapportaient ainsi ce qu'ils avaient vu en Perse. Pietro s'apprêtait à flétrir vertement cette croyance idiote, lorsque Messer Pamfili lui vola la parole :

– Nous l'accepterons, Messer, puisque notre pope va certainement la bénir. Mais cette eau, en se répandant sur nos doigts, béniront surtout nos mains qui ramasseront les œufs. Et que le Signor Aurelio se rassure, je veillerai moi-même au soin du ramassage.

Pietro salua le nouveau régisseur : cet homme avait parlé mieux qu'il ne l'aurait fait et il serait précieux. Il le laissa d'ailleurs parler le reste du temps et aborder les autres questions comme l'équipement, les animaux, la distribution des tâches…

Tout en suivant ces échanges, il repensait à son père qui, à Casale, devait tenir les mêmes conseils, prononcer peut-être les mêmes mots. Casale où, si rien ne s'était interposé dans sa vie à lui, il serait lui-même en train de faire le même travail qu'il supervisait ici. Casale où l'attendit sa mère, Casale où il avait manqué son baiser à Antonina. Et ses pensées s'enfuyaient tellement vers Casale, qu'il n'entendit pas un galop de cheval s'éloigner dans la nuit.

27 : LE CAPITAINE PETRIDIS

Pietro et Messer Pamfili passèrent plusieurs jours à faire les inventaires : matériel, animaux, habitants. Pour ce qui était du matériel, on consigna les différences entre les affirmations des livres et ce qu'on trouva dans les resserres. Il manquait pas mal d'outils à main, une charrue et, plus inquiétant, une arbalète. On fouilla donc les maisons. Entre ce qu'on y récupéra d'outils et ce qui était devenu hors d'usage, on put refaire un inventaire à peu près cohérent. Un cheval était mort ; cela arrivait aussi aux animaux. On ne retrouva pas l'arbalète. Pietro souligna –avec une pensée pour Alexandros qui lui en avait donné le conseil– qu'il avait fait boucler l'armurerie dès sa prise de possession des lieux et en présence du Juge de quarantie. Qui avait extrait cette arbalète de la réserve ? Le pope souleva ses épaules en écarquillant ses yeux rouges. Par le manteau de la Vierge ! L'administration de Famagouste se souciaitelle d'une vieille arbalète au bois piqué, au ressort évidemment distendu ? Non, sans doute, mais à supposer qu'un commis plus méticuleux que les autres s'avise de classer les inventaires en jetant un œil sur les inventaires précédents, il s'apercevrait de la disparition. Et la seule autorité après le régisseur n'était-elle pas le pope ? Et le visage du pope Spyridon se mit à ressembler à celui qu'il avait lorsqu'il avait parlé des sauterelles. Pietro s'en aperçut et classa ce fait au fond de sa mémoire. Enfin, son travail au domaine à peu près achevé, il prit congé de Messer Pamfili, fit seller ses chevaux et sa mule puis, suivi d'Obrad et selon le souhait de Pisani, prit la route du monastère de San Barnaba.

La cour byzantine de l'abbaye bruissait d'activité. Autour du puits, une poignée d'hommes faisaient boire des chevaux ; du côté des écuries, d'autres pansaient leur monture ; certains portaient casque et cuirasse : c'étaient des soldats, sans doute l'escorte accompagnant quelque riche propriétaire se rendant sur ses terres. Sur le pas de la porte de l'hôtellerie, l'Abbé Amvrosios, les mains dans ses manches, surveillait tout ce train.

– Messer Aurelio ! s'exclama-t-il à l'arrivée de Pietro, quelle bonne surprise ! Venez-vous du domaine Foscarini ? On m'a dit que vous y aviez mis de l'ordre, vous me raconterez cela. Mais voyez, nous avons de la visite. Il n'empêche, nous partagerons notre repas et je vous présenterai au maître de ces hommes, qui fait halte ici pour quelques heures.

– En vérité, Seigneur Abbé, comme j'ai eu grande utilité à être instruit par vous, j'aurai plaisir à discuter avec vous des affaires du domaine. Mais je viens aussi sur le conseil de Messer Stefano Pisani, qui m'a vanté votre liqueur et autres produits de votre abbaye.

– Fort bien, fort bien ! Nous en parlerons ce soir, car au repas de méridienne, nous serons trois à table. Je vous fais installer avec votre équipage dans notre hôtellerie et vous aurez tout loisir demain de visiter nos chais et notre moulin.

Il fut entendu que Pietro reprendrait la route le lendemain, de manière à être à Famagouste avant la tombée de la nuit.

Quand sonna la cloche de Méridienne, Pietro rafraîchi et vêtu d'un habit élégant et sobre, fut introduit dans les appartements de l'Abbé. Ce qui le frappa, ce ne fut pas la richesse des trois couverts préparés sur la table, ni le sourire aimable d'Amvrosios qui lui faisait signe d'approcher, mais la silhouette de l'homme qui se découpait en noir sur la lumière vive de la fenêtre. C'était un géant, large d'épaules comme un galeotto, le crâne à demi-chauve. Quand Pietro se trouva en face de l'Hercule, il ne vit plus que le bandeau noir qui lui barrait le front et lui cachait l'œil gauche. Sous le bandeau, coulait, telle une traînée de sang mal épongé, le sillon violâtre d'une cicatrice qui lui barrait la joue. Et, comme si toute la vie avait reflué de l'œil absent, celui qui lui restait, à l'autre bout du front, unique, démesuré, paraissait sortir de son orbite avec une cruauté sauvage.

– Capitaine, je vous présente Pietro Aurelio, qui nous est venu de Venise par le convoi d'hiver pour s'occuper des propriétés de son parrain, le Signore Foscarini. Messer Aurelio, voici le Capitaine Petridis, qui vient de quitter Famagouste pour rejoindre la citadelle de Kyrenia dont il est le commandant.

Pietro frémit. L'homme qu'il devait éviter de rencontrer à Famagouste était devant lui. Il l'enveloppait de son regard formidable et lui tendait une main énorme. Pietro tendit la sienne, fasciné par l'œil unique comme par le visage de la méduse.

– Capitaine, c'est un honneur...

Petridis : cet homme large, cet athlète au visage d'épouvantail était le mari de Cassandra. Son épouse ne pouvait se laisser approcher que dans l'obscurité totale. Pietro se souvint en un éclair avoir fait l'amour à cette épouse, en plein jour, tous deux nus comme des dieux de l'olympe, et ils appelaient le témoin d'un miroir pour mieux jouir de leur beauté et de leurs étreintes. Petridis était-il habitué à provoquer, chez ceux qui le voyaient pour la première fois, ce sursaut d'effroi ? Il emprisonna la main de Pietro dans la tenaille de la sienne, montra les dents. C'était un sourire.

– Et pour moi, c'est un plaisir, répondit-il d'un air entendu.

L'Abbé Amvrosios invita ses hôtes à table. Il récita les grâces et bénit le pain, le vin et le fromage qu'un moinillon était venu apporter dans des plats et des aiguières d'argent. Après tout, l'argent servait aussi aux objets du culte et aux saintes icones et le

Capitaine Petridis devait être de ceux pour qui l'Abbé sortait sa vaisselle.

– Ainsi, vous êtes de passage à Famagouste, commença le militaire. J'espère que l'hiver ne vous y paraît pas trop long.

Comment fallait-il traduire cette phrase ? Pietro résolut de la traiter sans détour :

– Je suis surtout venu résoudre une situation embarrassante sur les terres de mon parrain, Capitaine. Par la même occasion, je m'initie au commerce...

– Voilà qui est parfait. Et de quoi faites-vous commerce ?

– J'ai vendu en chemin quelques livres, mais cela se limite à la taille de mon coffre de marin. Par contre, il m'est arrivé d'assister Messer Pisani dans son négoce.

– Ah. Pisani, bien sûr. Un nom que l'on connaît, par ici.

La conversation dévia un temps sur la famille Pisani. Pietro espérait s'être fait oublier, lorsque retentit une nouvelle question :

– Et, en tant qu'arbalétrier de poupe, vous maniez aussi les armes, bien sûr.

– Il m'est arrivé de remporter quelques prix, aux concours du Lido.

– De mieux en mieux, fit la voix péremptoire. Trop de jeunes gens se laissent séduire par les plaisirs des salons, où la compagnie des femmes achève de les corrompre. Vous n'êtes donc pas de ceux-là.

Le géant semblait faire effort pour adoucir une voix ordinairement forte et cassante. Cela donnait à ses paroles une onctuosité peu naturelle qui mettait Pietro en alerte, d'autant plus qu'il ajoutait sur un ton ironique :

– Chacun sait que les équipages de jeunes arbalétriers de poupe font l'attraction de la ville, durant les mois d'hiver. Et celui de la Zustiniana ne fait pas exception.

Pietro souriait avec complaisance. A Venise, toute bonne éduction apprend à masquer les émotions.

– Messer Aurelio s'est employé à l'office des sauterelles, sembla protester l'Abbé.

– Avec l'aîné des Stavrakis, approuvait le Capitaine. Comment ne pas le faire, lorsqu'on est leur hôte.

Pietro prit le parti de rire, le plus spontanément possible. Il sentait peser sur lui le regard lourd du cyclope et il aurait parié que celui-ci ne perdait pas un seul de ses gestes.

– Ah, Messer, vous voilà bien renseigné. Ne dirait-on pas que c'est vous qui avez passé à Famagouste la fête de la Nativité !

– En quelque sorte, répondit le géant d'un ton bourru. Mon épouse y était. Sa santé ne supporte pas le climat de Kyrenia. Vous avez dû la rencontrer, chez les Stavrakis.

Cette fois, il ne s'agissait pas d'une question. Pietro en profita pour avaler une gorgée de vin de Chypre, cela donnait une contenance.

– Monseigneur Amvrosios, votre vin est une splendeur, dit Pietro. Messer Pisani, qui m'en avait fait l'éloge, ne m'a pas menti et j'aurai plaisir à rencontrer votre maître de chai.

On parla donc vigne, vendange et mûrissage du vin dans les tonneaux. Cela occupa les esprits jusqu'au service des fruits.

– Vous aurez largement le temps de deviser de tout cela demain, avec le frère Athanase que je vous présenterai, conclut l'Abbé. Êtes-vous bien sûr de vouloir nous quitter demain soir ?

– Hélas, j'en ai fait la promesse à Messer Zustinian. J'ai encore des comptes à rendre à Messer Pisani sinon aux Stavrakis. Le temps nous sera compté, jusqu'au départ du convoi.

Et Pietro de détailler en quoi consistait le réarmement d'une galéasse qui s'apprête à reprendre la mer au printemps, et toutes les questions à régler avant de lever l'ancre.

– C'est l'époque des adieux, fit soudain la voix du géant sur un ton presque menaçant.

Sur ces mots, il s'adressa à l'Abbé, le suppliant de l'excuser de devoir prendre congé. Les trois hommes se levèrent, Petridis mit un genou en terre et reçut la bénédiction d'Amvrosios. Puis, se tournant vers Pietro, le Capitaine rugit, envoyant de son œil valide un éclair dangereux :

– Messer Aurelio, puisque demain soir vous serez sur le chemin de Famagouste, je remercie la Providence d'avoir fait en sorte que nos routes se soient croisées aujourd'hui.

Pietro rendit poliment son salut au militaire. Trop soulagé de le voir partir, il n'avait peut-être pas assez pris garde à son sourire étrange ni surtout à une robe noire de pope qui voleta derrière la porte lorsque celle-ci s'ouvrit. Pourtant, l'espace d'un instant, il avait cru voir Petridis embrasser la main du pope aux yeux rouges.

28 : LE PIÈGE

C'est le lendemain, dans l'après-midi que Pietro reprit la route de Famagouste. Il emportait une bouteille d'élixir des moines pour Stefano Pisani et quelques objets artistement travaillés, –évangéliaires, icones, drageoirs– qu'il distribuerait en cadeaux à la famille Stavrakis. Il prévoyait en outre d'envoyer une charrette qui transporterait le vin et l'huile ainsi que les cadeaux qui voyageraient jusqu'à Venise dans son coffre de marin.

Lentement, l'idée de son prochain départ s'imposait à son esprit et ses pensées fermaient une à une les portes de ce qui avait été durant quatre mois sa vie dans l'île. Il avait mis entre bonnes mains le domaine de son oncle, avait apporté sa contribution aux travaux de son ami et, s'il avait aimé, il l'avait fait avec toute la sincérité de son âme. Et comme chaque pas qu'il faisait l'éloignait du Capitaine Petridis, il bénissait le mari trompé de ne pas l'avoir acculé au mensonge, ni de l'avoir soumis à sa vengeance. La brusquerie du militaire devait être dans son caractère sinon dans sa manière et si Pietro n'avait vu dans le discours du guerrier que des paroles équivoques, forgées pour confondre le suborneur, c'était parce qu'il avait pris de lui-même la place du coupable. Comme l'œil du cyclope n'était plus là pour le glacer, Pietro en vint à penser que, selon toute vraisemblance, Petridis ne devait rien savoir, ce qui lui paraissait un cadeau de la Providence, fait aux trois acteurs de cette aventure qui, considérée sans passion, paraissait finalement très banale. De sorte que, muni des bénédictions de l'Abbé, il marchait l'âme en paix. Au bout de longues absences, la perspective du départ change encore la perception des choses. Aussi ses pensées s'envolaient déjà vers la mer au bout de laquelle se trouvait Venise. Venise qui contenait Antonina.

Un vent irrégulier poussait dans l'azur du ciel des bancs de nuages qui faisaient varier aussi la couleur du paysage. Pietro se laissait bercer par ses pensées auxquelles s'accordait bien le balancement régulier du cheval. Un cri soudain d'Obrad le sortit de sa rêverie :

– Arrête, Seigneurie !

– Que se passe-t-il, Obrad ?

Mais pour toute réponse, Obrad le dépassa, se laissa glisser de sa mule et, du pied, remuait un amas de paille étalé un peu plus loin au milieu de leur chemin. De sa badine qui lui servait à cravacher sa monture, il fourragea dans les brindilles, dispersa les fétus sur la route de terre battue et, fouaillant de plus belle, fit sauter un treillis de branchages sous lequel béait un trou profond de deux pieds.

— Toujours surveiller le chemin, Seigneurie, grognait Obrad. Jamais oublier tes ennemis.

Il se penchait sur le trou. Devant Pietro abasourdi, il mettait à nu un petit fossé pratiqué sur presque toute la largeur du chemin.

— Piège fait ce matin. Des pointes dedans. Perdre ton cheval tu devais.

Pietro consterné observait Obrad, comme si le galeotto pouvait lui fournir l'explication qui lui échappait encore. Mais celui-ci tournait la tête dans tous les sens, comme pour humer le vent.

— Moi, ai fait cela pour défendre village. Quand moi faire cela, rester à côté pour tuer gens tombés. Ne reste pas ici. Sont plus loin, ils t'attendent.

Qui ça, « ils » ? se dit Pietro. Mais avant de trouver une réponse, il inspectait aussi les environs : d'un côté des champs cultivés se perdant dans des zones de sables et de dunes, de l'autre, encore des champs, des oliveraies et des touffes d'arbres sauvages. Pas âme qui vive.

— Ne t'approche pas des arbres, dit Obrad. Prendre chemin des dunes. Aller vite. Si eux à pied, ne nous rattraperont pas.

— C'est un détour. Tu connais le chemin ?

— Pas difficile. Suivre la mer. Famagouste sur la mer. Du temps il nous faut. Mais du temps, nous avons.

Obrad remonta en selle, reprit la longe de l'animal de bât, Pietro les suivant de près. On s'habitue vite à la présence du danger. Aussitôt qu'ils eurent pris le trot, l'esprit de Pietro se remit à fonctionner à toute allure, tâchant de mettre un nom sur celui qui devait l'attendre dans le bouquet d'arbres. Un ennemi. Il pensa aussitôt à Petridis. Petridis qui savait tout et ruminait sa vengeance tout en lui faisant, devant l'Abbé, ses sourires carnassiers. Petridis envoyant un de ses hommes, ce matin même, pour dresser ce guet-apens. Il lui revenait en mémoire la silhouette de Petridis, au moment où il la découvrait à son entrée chez l'Abbé, à cet autre où il la voyait s'éloigner vers la porte. Et la porte qui s'ouvrait, et la silhouette qui se courbait devant la robe noire d'un pope. Le pope Spyridon ! Pietro s'arrêta quelques instants sur cette scène qu'il n'avait fait qu'entrevoir un instant, le temps que se referme la porte, mais qui lui revenait en ce moment avec une netteté accrue et un sens nouveau. Quel point commun pouvait-il y avoir entre Petridis et Spyridon ? Quelle communauté d'intérêts ? Un lien de parenté ? En quoi Spyridon, un mystique un peu illuminé, peut-il influencer un militaire ? A moins que le militaire se serve de la folie du mystique. On ne va jamais assez loin dans l'analyse des moyens que se donne un ennemi. Un militaire, employer un prêtre pour assassiner un civil ennemi. Un ennemi. On les imagine toujours parmi ceux qui désobéissent aux lois. Les lois. C'était Yannis, qui en prenant congé, lui avait dit que ce n'était pas tout d'avoir la loi pour soi. Hélas, que d'ennemis ne s'est-il pas faits au village en y faisant revenir la loi ! Et Pietro de les dénombrer : Le pope ; la famille de l'intendant emprisonné ; les femmes, certes, mis aussi l'homme au visage pourpre, qui l'observait depuis son coin reculé et –il le jurerait à présent– n'avait jamais quitté la province. Et quand Pietro Aurelio, sur son cheval, aux côtés du juge, assistait à l'énoncé de la sentence, combien d'yeux fixés sur lui ? Hommes inconnus de lui, clients, complices du condamné, tous bénéficiaires des trafics auxquels il était venu mettre fin. Et plus Pietro y pensait, plus il mettait de visages inconnus de lui sur ceux qui devaient l'attendre dans le bouquet d'arbres au bord de la route de Famagouste. Ainsi donc, l'ennemi était partout. En avait-on posté le long de la route qu'ils prenaient en ce moment ? Pris par ces pensées, il s'apercevait qu'il était moins attentif à surveiller les alentours. Sa tarzetta da fuoco, sa petite arme de poing, ce pistolet à rouet qui tenait dans la main, était rangée dans les fontes de sa selle. Il allongea le bras pour aller l'en extraire.

– Arrête-toi un instant, Obrad, que je charge mon arme.

Ils repartirent lorsqu'elle fut prête, accrochée à sa ceinture. Son épée pendait à son côté, mais il ne viendrait à s'en servir que devant un ennemi découvert. Et jusqu'à cet instant, rien de suspect ne s'était présenté à eux. Obrad, qui marchait toujours devant, avait l'œil exercé, mais deux paires d'yeux valaient mieux qu'une, et deux paires d'oreilles aussi, car le coup pouvait aussi bien venir de derrière. Garde-toi de partout, Pietro Aurelio.

Mais plus ils avançaient sur le chemin détourné, plus montait un danger nouveau qui venait décupler la menace latente : la nuit d'hiver commençait à tomber.

29 : LE COUP D'ARBALÈTE

Les champs avaient cédé la place à des étendues informes, des sortes de friches semées de monticules, de levées de terre ; peut-être étaient-ce des dunes rebondies qui, sous la pénombre montante, prenaient des formes vaguement humaines. Les pluies y avaient raviné des replis, y avaient fait pousser des chevelures d'herbes et les deux cavaliers semblaient cheminer à présent au milieu d'une marée humaine amollie dans le sommeil ou entassée dans le relâchement de la mort. Ici ou là, une pierre anguleuse cisaillait les ténèbres, un trou sombre, un mur en ruines cassait la ligne de l'horizon. Et ils savaient qu'au-delà de ce décor de planète morte se creusait le vide car la terre s'enfonçait dans la mer. Ce devait être la présence de la mer qui donnait au ciel cette transparence sombre, cette irradiation indécise et persistante qui seule éclairait leur chemin. La route de terre et de sable amortissait le pas des chevaux mais bientôt affleurèrent de larges dalles de pierre blanches sur lesquelles les fers des bêtes lançaient des étincelles et claquaient comme des tombées de cailloux. Obrad dirigea sa mule sur leurs ornières régulières et parallèles envahies d'herbes folles. Le vent venant de la mer, plus régulier, poussait toujours ses bancs de nuages dans le ciel qui s'assombrissait de minute en minute. Bientôt monta sur leur gauche une lueur étrange, comme un feu que l'on cacherait derrière un rideau de fumées blanchâtres. Pietro, toujours sur ses gardes, frémit.

– Regarde !

Mais les fumées se dissipant laissèrent deviner le disque luisant de la lune.

– C'est bon, dit Obrad. Avons une lanterne.

Certes, la lune leur servait de lanterne, mais une lanterne capricieuse, car les bancs de nuages continuaient à se succéder de manière aléatoire devant son œil livide.

Bientôt, au-delà d'une levée de terre, apparut la mer. Les courants du golfe dessinaient sur son étendue phosphorescente de larges fleurs irisées qui jouaient avec les rayons de lune. Les cavaliers ralentirent leur marche car le terrain se faisait de plus en plus accidenté. Tantôt un éclat de lune faisait apparaître des éboulis de pierres blanches, tantôt l'écran de la mer révélait la ligne de murs, de restes de colonnes.

– Ruines, tout ça, dit Obrad.

– Salamine, dit Pietro. Salamine de Chypre, la cité des Phéniciens.

– Ruines quand même, dit Obrad. Faut traverser, suivre la mer.

Les mules avaient le pied sûr. Le cheval les suivait à contrecœur, hésitait, trébuchait souvent. Pietro lui laissait les rênes, mais depuis un moment, il levait la tête, agitait ses oreilles en tous sens, ses flancs frémissaient, il donnait tous les signes de l'inquiétude et la main de Pietro qui lui caressait l'épaule ne parvenait pas à calmer son agitation. Le terrain rocailleux descendait obliquement sur la gauche ; Obrad choisit sur sa droite un sentier plus commode, qui montait légèrement avant de longer un haut mur de pierres soutenu par une enfilade d'arcs boutants sous lesquels il s'engagea. Devant le premier arc, le cheval de Pietro s'effraya, renâcla. Pietro dut lutter contre lui pour le convaincre d'avancer, mais l'agitation de la bête redoublait, il leva les antérieurs en poussant un hennissement de protestation, à moins que ce ne soit un appel, car un autre hennissement, plus étouffé, sortit des fourrés en contrebas. Ni Obrad ni Pietro n'eurent le temps de s'interroger car au même moment, couvrant le piétinement des sabots, un bruit sec de pierre heurtant le mur éclata derrière la tête de Pietro. Pierre heurtée ou plutôt carreau d'arbalète. Pietro laboura les flancs du cheval, qui franchit l'obstacle dans un galop désordonné, bousculant les mules sur son passage. Mais il ne donna pas à sa monture le temps de reprendre son allure et la poussa vers un pin parasol qui étendait non loin de là l'ombre dense de son branchage. Pendant qu'il attachait son cheval au tronc, Obrad le rejoignait, attachait les bêtes à son tour tandis que Pietro vérifiait les fixations de son épée, de sa dague et prenait son petit pistolet dans la main droite.

– Ça vient de là, dit Pietro en étendant la main. Je pars à gauche. Toi, prends à droite pour lui couper la fuite.

La clarté était incertaine, mouvante. En dehors des chemins, on enfonçait parfois jusqu'à mi-corps dans des broussailles poussées parmi des éboulis. Un pied mal assuré, une glissade, et ce pouvait être une chute d'un mètre dans ce qui avait été une cave, un puits. Pietro se gardait de descendre trop bas le long de la petite élévation de terrain. Caché à flanc du talus, il préférait surplomber la zone chaotique où s'était caché son agresseur. Il s'accroupit pour observer et se donner le temps de réfléchir.

Le hennissement du cheval venait de la zone située en face de lui. L'homme avait dû descendre de cheval et se féliciter de voir les voyageurs remonter le chemin pour se mettre à découvert le long d'un mur. Là, ils formaient une cible magnifique. Mais le cheval, qui depuis un temps sentait la présence d'un congénère, avait piaffé, et surtout henni. Et le congénère, hennissant à son tour, révélait la présence de l'homme qui n'eut plus d'autre choix que de presser la détente en visant le mieux possible. Mais le cheval de Pietro renâclant formait une cible mouvante et imprévisible. La peur d'un cheval peut désarçonner un cavalier ; celle-là lui avait sauvé la vie. Quant au meurtrier, se voyant découvert, il aurait dû fuir ; il en avait eu le temps, bien qu'ils aient fait vite pour mettre les chevaux à l'abri.

Cependant, aucun pas de cheval n'avait retenti et l'agresseur, lui aussi, devait être ralenti par la nature du terrain. Il se trouvait donc quelque part, à pied, caché dans les broussailles. Un homme accroupi pouvait facilement se cacher dans ce maquis rocailleux, surgir à tout moment d'un trou, lui fracasser le crâne de son arme. Son arme : l'arbalète, bien sûr, celle qui manquait dans l'armurerie de la maison de l'intendant. Ou alors une arbalète appartenant à la garnison de Kyrenia, quelle différence cela faisait-il ? Une différence énorme : un soldat de garnison connaissait plus de ruses qu'un paysan et, en général, visait mieux. Mais, comme le cheval avait piaffé, un coup manqué ne signifiait pas que l'assassin fût un paysan.

Restait à faire lever comme un gibier l'homme caché dans les broussailles. Le faire lever, lui, ou alors tâcher de situer son cheval. Pietro avait retrouvé sa respiration, tous les nerfs tendus, guettait le moindre frémissement des alentours. Il ramassa une pierre, la lança au hasard dans la direction supposée du cheval. Il crut entendre un souffle, mais ce pouvait être le vent ; un cliquetis de harnais, mais ce pouvait aussi bien être le ressort d'une arbalète.

30 : LA TRAQUE

Pietro, toujours accroupi, tendait prudemment le col. Les épis et les fleurs sèches faisaient au niveau de ses yeux un écran chevelu et mouvant sur fond de ciel tourmenté. Soudain, sortant de sa gangue de nuages, une lune ronde à la lumière étincelante fit sortir des broussailles une forêt de colonnes, scintillantes et bleues, veinées de reflets lancéolés, terminées chacune par la fleur compliquée d'un chapiteau. Leur noble procession se déployait autour d'une aire herbeuse encombrée d'arbustes rabougris et de blocs de pierre blanche. En d'autres temps, Pietro se serait extasié devant ce décor fantastique sorti de la terre. Mais en ce moment, son unique pensée le ramenait à une ombre qu'il espérait voir surgir, plaquée sur l'un des fuseaux de lumière pure. Il vit d'abord la ligne souple de l'animal placide, celle de son dos incurvé s'effilochant en longs crins que le vent agitait au même rythme que les herbes, le prolongement coulé de son garrot d'où tombait la crinière. La lumière lunaire, en peignant de ce bleu minéral tout ce qu'elle léchait, écrasant les formes, avait transformé le cheval à la robe claire en sculpture de porphyre. Les plages de lumière accentuaient les ténèbres dans les creux d'ombres, modifiait les perceptions, jouait avec les sens. Pietro aux aguets avait repéré la silhouette plate se glissant parmi la colonnade. Elle avançait, de fût en fût, tantôt noire, tantôt claire, plus longtemps noire que claire, vers le cheval lumineux qui l'attendait, le col relevé. Pietro avait quitté son trou, bondissait souplement, sautait de bloc en bloc, espérant ainsi arrêter la course de la forme humaine. Mais quand celle-ci, qui apparaissait par intermittence entre les colonnes, cessa de reparaître à l'endroit où il l'attendait, Pietro comprit qu'elle l'avait repéré et qu'elle se cachait à nouveau parmi les broussailles.

Que faisait Obrad ? Le galeotto devait se trouver quelque part de l'autre côté des éboulis. Il devait voir la même chose, mais à contrejour et en couleurs inversées. Avait-il vu son maître s'approcher de l'assassin ? Le déclic que Pietro avait cru entendre était-il celui d'une arbalète dont on tend le ressort ? Toutes ces questions sombrèrent dans la nouvelle vague d'ombre projetée par un gros nuage. Pietro avait eu le temps de se glisser dans l'anfractuosité d'une muraille de pierres sombres. Il s'était assez approché du cheval pour que, dès que reviendrait la lumière, il puisse surprendre le misérable à l'endroit où il l'attendait. Or le nuage était épais et se traînait devant la lune. Le champ de ruines était noir et le vent, en froissant les herbes sèches, semblait lui-même produire un froissement de pas sur la pierre.

Quand la lumière revint, aussi soudaine que vive, Pietro sursauta : un pied se trouvait à la hauteur de son visage. Un pied chaussé d'une sandale, large et menaçant, un de ces pieds qui, en s'abattant sur son crâne, aurait pu lui fracasser la tête comme un rocher arraché à une falaise. Pietro ne frémit qu'un instant : c'était le pied d'une statue et il en maudit les sculpteurs grecs qui savaient, avec autant de réalisme, dans un matériau que le temps n'éroderait pas, figurer les pieds humains. À pas hésitants, Pietro se déplaçait à présent dans l'ombre du mur de pierres, contournait les statues aux pieds intacts mais décapitées, se glissait derrière leur socle comme un misérable échappé des enfers cherchant en vain parmi les ruines d'un temple la divinité déchue qu'il priait en vain.

Un trou de branchages remua à quelque distance. Pietro y jeta un caillou, attendit. Rien. Il pouvait bien s'agir d'une fouine, de quelque animal nocturne chassant à deux pas de son terrier. Et l'attente reprit, tous sens aux aguets, les nerfs tendus à se rompre. Lumière et ombres se succédaient au rythme des nuages. Parfois la lumière revenait progressivement, filtrée par une écume blanchâtre, disparaissait lentement, masquée par des montagnes noires dont les franges de neige éclairaient le ciel nocturne à la manière de certains couchers de soleil. Mais ses rayons magiques emplissaient la nuit de leurs sortilèges. Immobile dans la colonnade, le cheval bleuté hennit doucement. Son cavalier ne pouvait être loin, mais il ne se manifestait toujours pas. L'aube les trouverait-elle tous à la même place, pétrifiés comme les statues de marbre du péristyle ? Soudain, au milieu d'un lac de lumière bleue, tel une apparition nouvelle, Obrad surgit de toute sa hauteur, poussant un hurlement de possédé. Était-il devenu fou ?

Un fourré se mit à frissonner, on entendit un déclic, Obrad se tut. Pietro avait vu pointer au-dessus des branches, à trente pas, l'étrange baliveau en forme d'arc. L'ennemi était là. Obrad, en se sacrifiant peut-être, l'avait obligé à se démasquer. Il fallait faire vite, ne pas laisser à l'homme le temps de recharger son arme. Pietro bondit, le petit pistolet au creux de la main, fit feu au jugé dans le massif d'arbustes. Il y eut un deuxième cri, étranglé, la chute d'un corps mou. Pietro passa son épée dans la main droite, et, dépassant le fourré, se trouva au bord d'un muret qui plongeait verticalement dans un trou d'ombre. C'est au dernier instant qu'il vit, au pied du muret, reluire la lame du poignard.

L'homme s'était laissé rouler au bas d'un muret qui courait en arc de cercle autour d'une large fosse. Il aurait pu rouler encore, de palier en palier, descendant ce qui devaient être les gradins d'un amphithéâtre antique. Mais la végétation en avait rempli les creux et un pin l'avait arrêté dans sa chute. L'homme touché à l'épaule s'était relevé, mais, étourdi sans doute par sa blessure et sa chute, avait trébuché parmi les pierres inégales et s'était écroulé une fois de plus, une fois de trop. Il s'était relevé, mais chaque pas lui arrachait la cheville et il fallait courir. Mais où courir ? Il n'y avait pas d'issue dans le fond de l'entonnoir, quant à remonter le muret pour retrouver son cheval, il n'y fallait pas compter. De plus, il savait bien que, dans un instant, son ennemi serait sur lui. Aussi, dans un effort désespéré, il s'était campé sur ses genoux et dardait son coutelas, espérant que son poursuivant, en sautant le muret, tomberait sur son arme. Cette ultime défense s'avéra dérisoire : Pietro, surgi plus loin, fit, d'un coup d'épée, voler le poignard à six pieds de là. À présent, le fugitif soutenait son épaule brisée d'où s'épanchait un liquide tiède et visqueux et il voyait, brouillée sur le ciel nocturne, la silhouette exécrée de cet homme dont il avait juré la perte.

Pietro le tenait en respect du bout de son épée.

– Obrad ! hurlait-il. Où es-tu, Obrad ?

– Ici, Seigneurie, répondit la voix du haut du muret.

– Es-tu blessé ?

Obrad eut un ricanement sinistre.

– Toujours savoir faire peur à ennemi fatigué d'attendre. Et toi ? Que faire ? Tue !

– Non, Obrad. Je le veux vivant. Va me chercher de la corde.

Alors, le danger passé, Pietro passa à autre chose. Il observa l'homme agenouillé. Celui-ci n'avait pas la carrure de Petridis. Il l'obligea à tourner sur ses genoux et à présenter son visage au reflet de la lune. Mais le visage ne parut qu'à moitié. L'autre moitié demeurait couleur du ciel nocturne : c'était l'homme au visage pourpre.

31 : LE PRISONNIER

– Qui sont tes complices ? interrogea Pietro en grec.

Il n'était pas question de laisser un autre meurtrier courir dans la nature. Mais celui qu'ils venaient de prendre se taisait et se laissait ligoter en serrant les dents. Pendant que Pietro le tenait sous bonne garde, Obrad revenait d'avoir inspecté les alentours.

– Un seul cheval, dit Obrad en vénitien, et une seule trace sur chemin.

Et une seule arbalète aussi. Ils s'arrêtèrent un instant à la supposition que l'homme agissait seul. D'ailleurs, s'il avait un complice, celui-ci, voyant la tournure des événements, se garderait d'intervenir. Ils n'avaient quand même pas tout le village à leurs trousses !... Bien que... comment l'homme au visage pourpre était-il parvenu à les rejoindre dans les ruines, alors qu'ils étaient sûrs de n'avoir pas été suivis ? Sans doute, les paysans connaissaient d'autres chemins détournés, mais qui pourrait-on trouver encore, sur ces chemins ?

– Tue-le, insistait Obrad. Pends-le à un arbre. Si d'autres il y a, comprendront.

Mais Pietro hésitait. Pas facile de tuer un homme sans défense. Il l'avait fait une fois, dans une forêt de Toscane, dans l'emportement de la peur, et ce souvenir ne s'effaçait pas. Certes, s'il expédiait maintenant cet assassin, personne ne viendrait le lui reprocher, mais quelque chose le retenait. L'homme était conscient. Malgré les apparences, il avait peut-être des choses à avouer, des complicités, justement. Mais ce n'était ni le moment ni le lieu de s'engager dans un interrogatoire qui était d'ailleurs de la compétence des quaranties criminelles. Pour cette nuit, il valait mieux attendre et veiller. Mais comme il sentait la désapprobation du galeotto, il se contenta de gronder :

– Je l'aurais fait, s'il t'avait tué, toi. Mais à présent, trouve un abri dans les ruines, traînes-y le prisonnier, rassemble les chevaux et les mules. J'ai besoin de réfléchir.

Ils avaient surtout besoin de repos. Après que Pietro eut rechargé la tarzetta da fuoco, ils tentèrent de dormir, chacun se postant à tour de rôle en sentinelle. Au petit matin, ils hissèrent le prisonnier sur son cheval. Il y tenait tant bien que mal, les mains liées cramponnées au harnais, grimaçant à cause son épaule blessée. Pietro menait le cheval à la longe, Obrad suivait avec les mules.

C'est dans cet équipage qu'ils se présentèrent au milieu de la matinée aux portes de Famagouste. Le vigile les précéda au palazzo della ragione, où, après avoir remis le prisonnier au guichet de la geôle, Pietro demanda à être reçu par le Juge Carlo Zen pour lui faire part de son aventure. Le récit qu'il en fit omettait prudemment sa rencontre avec le Capitaine Petridis et les rapports qu'il pouvait y avoir entre le militaire et lui.

– Le cas est en effet assez simple, dit le Juge. Il n'est pas rare qu'un membre de la famille d'un condamné de droit commun, déchu de ses droits, échappe à la peine de bannissement et s'en prenne au plaignant. C'est là hélas vengeance ordinaire.

Pietro évoqua le cheval du domaine, soi-disant mort, l'arbalète manquante qu'Obrad était allé le matin même récupérer dans le fourré, et les éventuelles complicités de l'assassin.

– Autant de preuves, Messer Aurelio. Quant aux complicités, nous saurons tout, n'en doutez pas, puisque nous n'expédions jamais sans au préalable donner la corde.

Le magistrat se levait, courtois et serviable, heureux de montrer qu'entre gens du monde, l'entraide était naturelle et que l'administration vénitienne, dans sa grande sagesse, avait instauré, pour se prémunir du désordre public, des procédures aussi efficaces que routinières.

32 : RETOUR

Le retour de Pietro chez les Stavrakis fut un événement, non pas à cause de la date ni de l'heure, mais à cause de l'aspect de leur hôte. Non seulement il parut sur un cheval crotté, mais il tirait après lui une haridelle à la robe gris sale, plus crottée encore. Quant au cavalier, s'il traînait une barbe de plusieurs jours, ce qui arrivait encore à la gent masculine, son habit froissé, ses bottes sales, ses traits tirés, le désordre de sa coiffure sentaient la mésaventure, l'inconfort du logement, voire la chevauchée à travers les montagnes et les torrents. Une des petites servantes, qui l'avait vu entrer, commença par pousser un cri. Cela appela tout le monde aux balcons et fenêtres de la cour intérieure. On se précipita à travers les escaliers. Yannis sortit des bureaux des entrepôts.

– Par Zeus, que t'est-il arrivé ?

– Rien, rien, dit Pietro machinalement. On a seulement voulu me tuer.

Alors, le désordre devint indescriptible, d'autant plus qu'Alexandros se mit à donner des ordres tonitruants, renvoyant les femmes au Logis avec des phrases pleines de mots à majuscule. Pietro n'échappa à tout cela que lorsqu'il put s'isoler dans un cabinet où les valets avaient monté un baquet et de l'eau chaude. Il y avait là un miroir et il comprit aussitôt pourquoi le Juge Carlo Zen n'avait pas un instant mis en doute le récit de sa mésaventure. Quand lavé, rafraîchi, parfumé, il se présenta à la table, ce fut bien autre chose encore. Flamminia en perdit son regard lointain, Adonia put enfin s'émouvoir et le montrer, tante Giulia se signait et le vieux Christos en oubliait de mâcher ses aubergines. Alexandros s'arrogea le mot de la fin en déclarant que la Providence avait par Deux fois Protégé sa Vie.

Pietro se rendit le lendemain chez Stefano Pisani qui tint à le retenir à dîner afin de ne manquer aucun détail de sa dangereuse épopée. Il tint à partager la liqueur des moines et finit par convenir avec Pietro du moment où il pourrait envoyer à San Barnaba une charrette qui transporterait ses achats. Il était temps, d'ailleurs, de penser au départ. Déjà, on envoyait les quartiers maîtres sillonner le pays afin de préparer le rassemblement des équipages. Que Pietro signale son retour au Capitanio Zustinian et, s'il avait du temps de reste, il serait bienvenu qu'il aide aux inventaires et au chargement du fret de retour.

– Messer Aurelio, conclut l'excellent homme, vous n'avez pas beaucoup touché au commerce, mais vous en avez pratiqué la partie essentielle qui est la connaissance de l'âme humaine.

Il restait à Pietro une chose à savoir et celle-là, il la gardait secrète comme son entrevue avec Petridis et tous les soupçons qui en découlaient. Même ses amis les plus proches, Yannis et Pisani, avaient respecté sa discrétion. Ce fut Flamminia, avec son flair de femme, qui apporta un élément nouveau. Elle lui dit incidemment, dans un soupir, comme une chose qui dérangeait l'ordonnance de ses après-midi :

– Nous ne verrons plus Cassandra de si tôt. Elle est partie depuis deux jours à Kyrenia rejoindre son époux.

La façon dont il prit la nouvelle convainquit le jeune homme qu'il avait beau préparer son départ et fermer les portes, il en était une qui refusait de se clore et il était vain de vouloir en détourner les yeux. Cassandra était partie depuis deux jours : il aurait pu la croiser sur la route. Pour qui était tendu le piège ? Mais les femmes voyagent en litière et le piège n'était dangereux qu'aux chevaux ; et puis Flamminia souriait : elle n'aurait pas souri ainsi, s'il était arrivé malheur à Cassandra. Cependant, restaient les questions : qui avait décidé ce départ ? Était-ce Cassandra, de son plein gré, ou bien le mari traînait-il la coupable dans sa forteresse, dans sa geôle, loin de ses amis, pour pouvoir mieux la torturer ? Flamminia couvrait Pietro d'un sourire attendri, tandis qu'elle le voyait plonger dans des doutes déchirants.

33 : LE JUGE

Pietro était obsédé par l'idée que Cassandra, par sa faute, connaissait le malheur. Quelques heures de passion valaient-elles tant de tourments ? Il se posait encore cette question lorsqu'il fut appelé par le Juge Carlo Zen. Le magistrat avait perdu son onctuosité, il semblait soucieux, marchait de long en large, reprenait par moments sa sévérité hautaine.

– Messer Aurelio, notre homme a parlé. Il a quand même fallu trois coups d'estrapade pour qu'il nous livre le nom d'un complice. Et je ne vous cache pas que tout ceci nous contrarie hautement.

Pietro se sentit pâlir. Carlo Zen ne l'avait pas invité à s'asseoir, évitait même son regard, et il vitupérait :

– La République met tous ses soins à éviter les frictions avec les populations locales. Il semblerait qu'elle échoue cependant dans certains cas. On nous dira qu'il est impossible de mettre un vigile aux côtés de chaque citoyen comme Dieu le fait pour nous en nous donnant un ange gardien. Mais quand ceux-là même qui doivent donner l'exemple, sur lesquels elle compte pour guider les populations, ceux-là même qu'elle a instruits, élevés...

Pietro sombrait dans la confusion. De qui parlait-on ? Qui étaient « ceux-là » ? Empêtré dans le cercle des pensées qui l'avaient assailli ces derniers temps, il ne songea qu'à lui-même. Ce ne pouvait être que lui, « ceux-là », qui avaient failli à leur devoir. Son aventure avec la femme de Petridis était dévoilée. Sa conduite, en tant que noble, ou tout comme, était donc plus scandaleuse qu'il ne lui avait paru. C'était pour cette raison que Yannis, son meilleur ami, avait depuis le début évité toute allusion à Cassandra. Il était ici dans une colonie, pas à Venise, où ces choses se traitent avec plus de légèreté.

– ...Ceux que Dieu a envoyés pour garder le troupeau... prêcher la crainte de Dieu et l'obéissance à l'État...

Per Bacco ! Il était arbalétrier de poupe, personne ne lui avait enjoint de garder le troupeau, mais c'était sans doute un effet oratoire. Le Juge s'était assis, chiffonnait ses dossiers, poursuivait :

– Une fois de plus, nous allons être obligés d'intervenir dans les affaires chypriotes, et, croyez-moi, nous nous en serions bien passés !

Mais enfin, de qui finalement était-il question dans cette invective ? Qui était le complice de l'homme au visage pourpre ? Pietro ne voyait que Petridis. Petridis le chypriote, à qui Venise avait confié les clés d'une citadelle dressée contre les

Turcs. Mais comment expliquer la vengeance de Petridis sans avouer la faute d'Aurelio ? Pietro hocha la tête, coupable quand même.

– Vous comprenez, Messer Aurelio, voilà le quatrième prêtre que, en deux ans, nous serons obligés de condamner pour trouble à l'ordre public !

– Pardon ?

– Le prêtre, vous ai-je dit, le pope Spyridon !

Comme le Juge s'était assis, Pietro s'arrogea le droit de s'asseoir à son tour.

– Comprenez-vous, Messer Aurelio, nous ne voulons pas indisposer contre nous le clergé orthodoxe, puissant à Chypre, mais nous sommes trop souvent amenés à nous plaindre à l'archevêque de la conduite de certains prêtres dont le zèle religieux, en impressionnant les paysans, les dresse en réalité contre nous. Évidemment, me direz-vous, on a vu certains prêtres trop prompts à dénoncer les agissements du diable, succomber à la présence insistante de Belzébuth. Nous en sommes même arrivés au point d'appeler nos potions des Belzébuth. Mais enfin, si le diable se met à décimer les prêtres, l'archimandrite pourrait bien s'inquiéter pour de bon de nos agissements, et découvrir enfin qui est Belzébuth !

– En effet... fit Pietro qui s'était ressaisi et comprenait enfin que la potion appelée Belzébuth servait à éliminer, sous couvert de flux de ventre ou de cœur, les éléments résistant à l'autorité de la République. En effet, répéta-t-il, le pope Spyridon voyait Satan dans les destructeurs de sauterelles...

– …Et montait la tête à ce pauvre diable de sacristain, lui promettant le paradis s'il parvenait à vous abattre. Que voulez-vous que je fasse de ce prêtre ? Le gouverneur me défend de le juger et de le pendre comme je le fais de son complice.

Pietro comprit enfin la colère du magistrat. Il venait de s'affronter avec son supérieur et le cas qu'il avait à résoudre était épineux : ni Belzébuth, ni échafaud, et il avait devant lui celui à qui il fallait faire admettre de fermer les yeux sur les agissements du pope Spyridon. Pietro prit le temps de réfléchir.

– Messer Zen, dit-il enfin, je veux bien oublier que c'est moi que le pope Spyridon avait essayé de tuer. Pour la seule raison qu'il m'a manqué et que je m'en vais. Mais imaginez que vous le laissiez dans son ministère. Que fera-t-il ? Avant un an, il se sera emparé d'un autre fils de paysan, convaincra celui-ci de voler ou d'assassiner mon nouvel intendant, sa famille, et s'il le pouvait, le juge qui est venu imposer au village la loi de la République. Et il continuerait à traiter de suppôts de Satan les hommes qui nettoient les terres en faisant ramasser les œufs de sauterelles. Est-ce l'intérêt de la colonie ? Si l'on vous refuse la tête du pope Spyridon, au moins empêchez-le de nuire. Ne peut-on l'envoyer dans un monastère de la montagne ? Au nom du Signor Foscarini, c'est ce que je vous prierais d'envisager.

Carlo Zen jeta sur son visiteur un œil désabusé.

– Vous parlez bien, Messer. Vous direz à votre parrain que c'est ce que j'ai fait d'un autre cas, il y a deux mois à peine. Je le referai donc encore.

Il soupirait, balayait de la main des mouches imaginaires, obsédantes comme des popes récalcitrants, se leva en grondant :

– Aussi imaginez quelle pâture pour le diable que le monastère de Stavrovouni. Mais enfin, il est situé au sommet du mont Olympe et une relique de la Sainte Croix y chasse les mauvais esprits.

34 : VOYAGE DU RETOUR

On était au mois de mars. L'air s'était radouci et une légère houle poussée par le vent de Syrie faisait danser les trois galéasses dans le port de Famagouste. Leurs cordages étaient tendus, leurs rames a posto, leurs équipages étaient rassemblés. Les produits d'Orient gonflaient leurs soutes, s'entassaient sur les coursies, les tonneaux pleins de biscuit et d'eau étaient rangés, on pouvait partir.

La veille, les Stavrakis avaient donné à leur hôte une magnifique soirée d'adieu. Ils avaient échangé leurs témoignages d'amitié, des promesses de retour. Les petites servantes avaient chanté. On s'était séparés avant de devenir tristes. Pietro avait glissé dans son coffre les lettres, les cadeaux que Flamminia destinait à sa mère ainsi que des cadeaux de mariage pour sa sœur Flora. La Signora Stavraka avait même ajouté :

– Je souhaite tant de bonheur à votre mère et à votre sœur. Savez-vous que je viens de recevoir une lettre de Cassandra ? Elle me dit que sa vie a repris un cours normal et paisible.

C'était plus que Pietro n'en espérait. En réalité, étant jeune homme, il était loin de se douter que Flamminia, qui d'ailleurs avait attendu ce moment pour calmer ses inquiétudes, cultivait derrière son sourire vaporeux les idées les plus terre à terre, à savoir que Cassandra était allée à Kyrenia de manière à ce que le guerrier de l'Iliade, en reprenant possession de son épouse, se réjouisse dans quelques mois d'être l'auteur d'un éventuel rejeton aux cheveux noirs et bouclés.

Une galère qui quitte le quai est un lien qui se brise, une respiration nouvelle, encore une mutation des choses qui changent de dimensions. Obrad avait retrouvé son banc de galeotto, Pietro ses compagnons, ses amis, le lent défilement de la côte, l'ennui des longues journées, la table du Capitanio, la même place qui lui était assignée à côté du médecin, et la conversation de Pisani.

Une explosion de joie eut lieu au large de Modon lorsque le bateau vira de bord pour mettre le cap au nord : on ne quitterait plus cette direction générale jusqu'à Venise. Pietro se joignit avec entrain au concert des voix. Il danserait avec Antonina au mariage de sa sœur. Le convoi, en faisant escale à Corfou, croisa celui du Capitanio Marcello parti de Venise et faisant route vers le Levant. Girolamo Marcello, à qui la Signora Aurelia, dans l'intimité de ses salons de Venise, lisait les lettres de son fils, ne put manquer d'inviter celui-ci à sa table dans la meilleure auberge. Évidemment, il réclama de son hôte le récit complet de ses aventures. Tout cela avait le panache de ses jeunes années et il souriait en se rappelant ce temps-là. De plus, le visage du jeune homme lui rappelait Laura et, le vin aidant, il devenait doucement mélancolique.

– Et que comptes-tu faire, maintenant ?

– Rentrer, Capitanio, répliqua Pietro sans hésiter. Après, je ne sais pas. Retournerais-je à Padoue ? Reprendrais-je la mer ? Je crois que je verrai plus clair quand je serai de retour.

– Tu sais que quelqu'un t'attend avec anxiété, à Venise ?

– Je sais.

Pietro voyait passer sous ses paupières baissées les yeux sombres d'Antonina, ses regards ardents, son profil délicat…

– Ta mère. Tu y penses parfois, à ta mère ?

– Mais oui, Capitanio, on dit que le propre du marin est d'avoir quelque part une femme qui l'attend.

Mais il y avait une telle mélancolie dans les yeux de Marcello que Pietro lui lança joyeusement ce qui lui passait par la tête :

– Je sais pourquoi nous partons, Capitanio : c'est pour connaître le bonheur de revenir !

FIN

NOTE DES AUTEURS

Le roman historique trahit-il l'Histoire ? On l'en soupçonne. Mais ne soupçonne-t-on pas aussi bien tout témoin oculaire racontant dans l'heure un fait qu'il vient de vivre ? Cependant, dira-t-on, si nous pouvons nous tromper à propos de ce que nous avons vécu, que croire de ce qu'on nous rapporte du passé ?

C'est oublier que nous approchons le passé non avec les sens, mais avec l'intelligence et le jugement. Figé par de nombreux témoins, étalé dans toute sa complexité par ceux qui l'ont étudié, le passé se laisse observer, pénétrer, et nous est d'autant plus lisible que nous connaissons son devenir, alors que le présent, sous bien des aspects, nous est encore obscur. Sommes-nous sûrs de connaître la portée de ce que nous vivons ? Savons-nous ce qui survivra au foisonnement de l'époque actuelle ? Nous connaissons-nous nous-mêmes ?

Le philosophe nous entraîne à peser, juger, douter. Adaequatio rei et intellectus, la conformité de la chose objective et de la chose comprise, a fortiori, ressentie : tout est là, depuis les scolastiques.

Avant de se lancer dans l'écriture, les auteurs ont longuement interrogé les sources historiques, comparé les points de vue des historiens, étudié les arts, la littérature, les institutions, les mœurs, les techniques de l'époque choisie.

Rien n'est plus romanesque que l'Histoire. Ceux qui écrivent l'Histoire ne sont-ils pas avant tout d'excellents écrivains ? Reprochera-t-on au romancier de donner un nom et un caractère propre à un personnage qu'il a imaginé à l'image de milliers d'autres qui ont vécu à coup sûr, mais dont les documents n'ont pas retenu l'existence individuelle ?

Ainsi, de même que le sculpteur va chercher la veine du marbre pour y intégrer son motif, de même la trame de ce roman s'appuie sur des réalités historiques telles que l'organisation du commerce et des convois, les conditions de navigation, la situation dans les colonies vénitiennes et les rapports avec les Turcs, en ces années-là. Des anecdotes, documents et correspondances d'époque ont suscité des personnages sans qui la connaissance du passé ne serait qu'une idée abstraite et les récits qu'on en tire incapables de nous faire rêver.

Il n'est d'historien que le romancier.

DES MÊMES AUTEURS

La série "ENQUÊTES VÉNITIENNES" :
Venise est la ville du commerce et des arts. En cette
période des guerres d'Italie, elle défend
farouchement son indépendance et son ordre
intérieur malgré le foisonnement d'espions et
d'agents des puissances étrangères. Nicolò Aurelio,
amateur d'art mais surtout Grand Chancelier de la
République de Venise et homme de tous les secrets,
est parfois chargé d'enquêter discrètement dans des
affaires qui risquent de troubler la paix de la
Sérénissime. S'il est efficacement secondé par le
fidèle Mosca, sa passion pour le belle Laura lui
complique la tâche.

LE CONCERT INTERROMPU*:
Quel rapport y a-t-il entre la mort étrange d'un
patricien et un tableau de Giorgione ?

LE SOUPER DE LA SAN MATTIO**
Qui a subtilisé les plans secrets confiés à Ser Priuli,
mort subitement après un souper entre amis ?

LA ROSELIÈRE DE TESSERA ***
Que de passions, coupables ou légitimes, naissent et
finissent dans les endroits déserts de la lagune !

La série "LE RENARD DE VENISE" :
Les aventures de Pietro Aurelio, jeune vénitien de
1530. Commerce, aventure, bonnes et mauvaises
rencontres des voyages maritimes au temps des

colonies vénitiennes, des galères marchandes et de la paix très relative avec les Turcs.
UN HIVER À CHYPRE*:

La saga historique "CINQUECENTO":
Un cycle de romans historiques, en six volumes, dans la Venise de 1500. Des personnages attachants, un récit inspiré de l'Histoire. Amour, Passions, Aventures et Arts en pleine Renaissance et Guerres d'Italie. Six volumes pour rêver !

Des ouvrages disponibles en «livres papier» et en «livres numériques/e-books» :

(www.cinquecento.be).

LES AUTEURS

Pierre LEGRAND est ingénieur chimiste, docteur ès sciences physiques. Il a fait carrière à Bruxelles, au siège européen d'une multinationale américaine. Directeur marketing et technique, il a aussi représenté l'industrie chimique auprès de la Commission Européenne. Passionné d'histoire et de littérature, il est doté d'un goût pour l'analyse et l'investigation scientifique, historique et bibliographique, et possède un grand talent d'imagination.

Il assure le scénario.

Claudine CAMBIER, après un cycle d'études classiques, est licenciée en lettres romanes et agrégée de l'enseignement. Elle a été professeur de lettres et d'histoire dans l'enseignement belge. Passionnée d'art, d'histoire et de littérature, avec un goût certain pour la création au sens large, ses talents artistiques trouvent à s'exprimer aussi en sculpture et en tout domaine où peuvent se retrouver l'invention et la recherche du beau.

Elle assure l'écriture.

©Legrand-Cambier, Bruxelles, Février 2017

Tous droits de traduction, de reproduction et
d'adaptation strictement réservés pour tous pays.

ISBN : 978-2-9600804-3-8

Imprimé à la demande par CreateSpace
Dépôt légal (France) : Février 2017

Printed by CreateSpace
Available from Amazon.com and other online
stores

E-Mail : contact@cinquecento.be

Site Littéraire : www.cinquecento.be

Sculptures : www.claudine-cambier-sculptures.be